晚清詩人軼事

光宣以來詩壇旁記

汪辟疆——原著
蔡登山——主編

導讀　汪辟疆和《光宣以來詩壇旁記》

蔡登山

汪辟疆（國垣）被稱為「國學大師」，其實並非偶然。他在研究《水經注》、目錄學及晚清詩歌等，和校訂《唐人小說》方面的成就是有目共睹的。凡是研究近代詩歌的人，對汪辟疆這個名字應該都不陌生，他的《光宣詩壇點將錄》、《光宣以來詩壇旁記》等一系列關於晚清以降詩歌的論著都在必讀書目之列。而汪辟疆對於當時流傳的唐代小說，有感於其文獻品質低下，於是他開始搜集並結合多種文獻進行校勘，於每篇後附加按語，對作者、成書時間、故事源流等做了必要的考證，於一九三〇年出版了《唐人小說》。該書在內容上大致涵蓋了唐人小說創作的所有題材，客觀地反映了當時小說創作的原貌，並呈現唐代小說發展的脈絡。學者傅璇琮將《唐人小說》與魯迅《唐宋傳奇集》並舉，稱其開啟了進入唐人藝術世界的大門。另外汪辟疆認為：「目錄學者，提要鉤玄，治學涉徑之學也。學術萬端，詎能遍識？亡書軼籍，無補觀摩。故必有目錄為之指示其途徑，分別其後先，使學者得此一編，而後從事於四部之書，不難識其指歸，辨其緩急。此目錄學之本旨也。」他為了指導學生讀書治學，寫了《讀書舉要》、《工具書之類別及其解題》、《讀書說示中文系諸生》、《目錄學研究》等一系列目錄學著作。這些著作的首要目的，就是為學生指示治學門徑。汪辟疆說：「治學主張專，而不尚博」、「載籍極博，遍讀實難」，因此「提要鈎元，是為要務」。尤其是《目錄學研究》一書為汪辟疆精心之作。自漢魏六朝以及元明書籍目錄，條理井然，一一羅列，展讀一過，對於古書版本之源流類別，可以知其大概。而他的所有著作，都在體現這種治學精神，其所有論述，無不探微鈎沉，旁徵博引。終於成為一家之言，有「國學大師」之稱號。

汪辟疆（一八八七—一九六六）原名國垣，字笠雲，後改字辟疆，晚年自號方湖，江西彭澤人。出生在書香世家，父汪際虞，以光緒丁酉科拔貢，戊戌朝考二等，分發河南，曾任泌陽、商城知縣。汪辟疆幼時隨父遊宦，勤奮苦讀，他說：「回憶兒時，先君口授歐陽文忠公〈讀書〉一詩。年十二，先母繞太夫人臥疾梁園，每夜問寢之餘，必命余兄弟口誦一過，以資慰藉，今忽忽四十年矣，此樂胡可再得？所難忘者，一燈明滅，雙髻繞床，爐煙繚裊，琅琅歌聲，偶一念及，肝腸淒斷。」由此可知，其治學之勤，學問之淵博，是其來有自，絕非一夕之功也。

汪辟疆曾就讀於河南開封客籍中學，一九〇八年保送北京京師大學堂（北京大學前身），專攻中國文史，大學堂藏書甚富，且多秘本。一九一二年畢業後一度客居上海，得識邵力子、于右任、葉楚傖、蘇曼殊等，並加入同盟會。一九一五年因父喪返鄉。守孝二年，期間專心研讀家藏書籍，為研究國學打下了良好的基礎。一九一八年任南昌第二中學國文教員，一九二二年任新成立的江西心遠大學文科主任兼文學系教授，並得識余仲詹、朱希祖、陳際唐、王曉湘、王禮錫等宿學名流。一九二五年應章士釗之約，任北平女子大學教授。一九二五年後兼任江西通志局纂修。一九二七年後改任南京第四中山大學文學院中國文學系副教授，授「目錄學」、「讀書指導」以及「各類文體習作」等課程，深為同系師生所推重。雖校名四易，始終教授該校，達三十八年之久。當時名教授，如黃季剛（侃）、汪旭初（東）、王伯沆、陳漢章、樓光來、胡小石等先生皆與之友善，課餘詩酒唱酬為樂。汪辟疆與胡小石、陳中凡並稱南大中文系「三老」。其間曾任監察院委員、國史館纂修，但從未間斷大學教學。一九六七年三月十二日逝世，享年八十。其入室弟子如程千帆、沈祖棻、潘慈光、涂允銑諸君，均為當代學者、碩儒。著有《光宣詩壇點將錄》、《光宣以來詩壇旁記》、《近代詩人述評》，均為近代詩學的重要著作。又《唐人小說》為收唐人小說之重要之作，貴在校訂和考釋。其詩作輯有《方湖類稿》，其他論著還有《目錄學研究》、《漢魏六朝目錄考略》等，一九八八年十二月上海古籍出版社出版《汪辟疆文集》，是書為其弟子程千帆整理而成的。

汪辟疆一生治學不輟，文史兼通。其治詩學通古達今，特別對近代詩學興趣濃厚，用力甚深，成果尤為學界所稱道。所謂「近代」，汪辟疆沿史家通例，斷自清朝道咸以後。他指出：「有清一代詩學，至道咸始極其變，至同光乃極其盛」。不過，事實上不少詩人的創作活動多延至宣統甚至民國，所以，這個時間概念，也只是一個象徵性的提法。學者傅璇琮說：「汪先生對清詩有通盤的考察，他獨具隻眼，認為清詩『以近代為極盛』，而這又與『世方多難』有關。他特別深究於光宣五十年間的詩人與詩派，所舉上百個詩家，列述其事蹟與風格特點，真如數家珍。」

汪辟疆關於近代詩的研究成果，主要集中在《近代詩派與地域》、《光宣詩壇點將錄》、《近代詩人小傳稿》和《光宣以來詩壇旁記》等文中。《近代詩派與地域》原是一九三四年為金陵大學中文系所作的學術演講稿，發表於中央大學《文藝叢刊》第二卷第二期，一九四三年重新刊布於《中國學報》第一卷第一期，後又略加修訂，發表在《南京大學學報》一九六二年第一期。前後跨越三十年，而改動不多，可見是他一以貫之的觀點。《光宣詩壇點將錄》為汪辟疆早年品述光宣兩朝詩家之作。仿照《水滸傳》天罡地煞之數，擬定座序，連而各評之小詩，寫成於一九一九年，一九二五年連載於《甲寅》第一卷第五號至第九號，雖為遊戲之作，而每期刊出，則震動全國藝林。一九三四年至一九三五年連載於《青鶴》第三卷第二期至第七期。一九四〇年代中葉修改而成的定本，「文革」中被毀，現在通行本為程千帆師所整理。《近代詩人小傳稿》和《光宣以來詩壇旁記》是為其擬議中的《近代詩選》所做的前期準備工作，開始於抗戰以前，其後續有增訂，但由於各種原因，詩選最後沒有編成，不過這兩篇文章材料豐富見解精深，仍有著獨特的價值。

程千帆在〈《汪辟疆文集》後記〉中對於汪辟疆要編選近代詩，有詳述云：「汪老師對石遺老人陳衍所選《近代詩鈔》不很滿意，認為收錄過雜，而且福建同鄉的作品也太多，頗想根據《近代詩派與地域》的論點，精選一部近代詩，也曾開始甄錄。為了協助老師完成這項工作，我曾請先君穆庵先生將家集數種以及晚清諸家詩文集數十種、清末民初諸老讌集照片及個人寫真十餘張都借給老師，以供採擇。老師將此事就商於李拔可先生。拔可先生以為，入選詩家應當各附小傳，老師也以為然。抗日戰爭爆發，老師圖籍多失，這項需要人量資料才能進行的工作便又擱置下來，後來又想簡化為《點將錄詩選》，預定編成六卷，也未完成。本集《近代詩人小傳稿》就是為詩選準備的部分材料。另外，它的姊妹篇《光宣以來詩壇旁記》也大略作於同時，其後復有增訂。《小傳稿》有清本，《旁記》有老師手稿。因係隨手記錄，所以先後雜陳。這次整理，除了個別人物生卒年未詳，依劉、班稱並時例酌附外，一律按年代先後編次。這兩部著作保存了許多首次用文字記錄的文獻，極可寶貴。」

汪辟疆性耽吟詠，少年致力於詩文甚專。務去陳言，詞必己出。喜生造，不喜圓熟，深得江西詩派之風味。程千帆也說：「老師不但是一位詩歌研究專家，而且是一位很有成就的詩人。前輩學者的學風和我們今天不完全一樣，他們是很注重知能並重，即研究與創作並重的，認為二者互為影響，互相滲透。老師既精於詩學，又深於詩功。他對於詩歌的源流正變、詩人的風格技巧，敘述精確，分析深刻，是和他自己能詩分不開的。他早年受散原老人的影響，效法黃、陳；其後則轉益多師，對唐朝的杜甫、李商隱、韓偓諸家，宋朝的梅堯臣、王安石、蘇軾、陳與義諸家，致力尤深，合唐人的情韻、宋人的意境為一手，所以風格蒼秀明潤，用筆開合自如，為並世諸老所推服。」

《光宣以來詩壇旁記》原是汪辟疆為了編選近代詩選時所記，涉及的人物從晚清至民初，有俞樾、袁枚、李慈銘、王闓運、張蔭桓、張之洞、樊增祥、張百熙、張佩綸、林紓、徐世昌、朱祖謀、易實甫、梁鼎芬、李詳、況周頤、鄭孝胥、潘蘭史、黃節、梁鴻志、王揖唐、溥心畬等等諸大家，由於汪辟疆本身是詩人，他與這些人都有過從，深知當時詩壇諸多掌故，保留了當時詩壇不少一手珍貴史料。例如李詳（審言）和樊增祥的文稿風波，《光宣以來詩壇旁記》就收錄李詳再次懇求樊增祥交還文稿的〈書樊雲門方伯事〉一文。但汪辟疆文中所說的被樊增祥取去的李慈銘《越縵堂日記》，「或云病篤之時，已取而納諸火矣。」是不確的。大概是汪辟疆採用了徐一士所渲染的樊增祥一怒焚書的說法。果然，半個世紀之後這部分日記終於被「發現」。一九八八年，由北京燕山出版社影印出版這《越縵堂日記》的最後一函——《郇學齋日記・後集》，凡九冊（其中二本各半冊，以故又說八冊）。

另外張之洞被認為「起居無節」，《光宣以來詩壇旁記》有引用徐樹錚給馬通伯信云：「……親見項城（袁世凱）率將吏以百數，飭儀肅對，萬態竦約，滿坐屏息，無敢稍解，而公欹案垂首，若寐若寤，呼吸之際，似鼾鼾然隱鼾動矣。……」世人泰半又疑張之洞偃蹇作態，徐樹錚甚至說：「項城每與僚佐憶之，猶為耿耿也。」汪辟疆說：「按此文得之目擊，當視梁、李二氏所記可靠。」其實張之洞的日常生活，與眾不同，他自以為可以一天當兩天用，而以午未之交為分界。大致每天黃昏是他的早晨，起床就看公事，見賓客，到午夜進餐，食畢歸寢，往往只是和衣打盹，冬夏都用藤椅，不過冬天加個火爐，這樣睡到凌晨五六點鐘又醒了，辦事見客，直到日中歇手吃飯，飯罷復睡，終年如是。因此他和袁世凱南京、保定兩次宴會，都是在午未之交，是他精神格外不濟之時，頹而不能興矣，並非是有心輕慢袁世凱，更不是梁啟超所說的以倨傲鮮腆之老態淩折同僚。

總之，《光宣以來詩壇旁記》一書，不僅記晚清光緒、宣統年間以來的近代詩派，甚至對研究近代社會與思想，都提供了不少真切生動的材料。既可當詩話讀，又可當史料看。這都由於汪辟疆對於當時的詩壇之熟稔，對於歷史掌故之興趣昂然。雖隨手所記，但都異常珍貴，故其書也經常為後學者所徵引。程千帆也讚美說：「從青年時代起，一直到晚年，近代詩歌始終是他研究的重點，而由於家世、交遊的關係，他又和詩壇前輩及並世名家多有往還酬唱，因而其記載是可信的，論述是深刻的。」這也是本書雖謙稱是「旁記」，但卻有著極高的史料價值的原因。

本書原由汪辟疆弟子程千帆先生整理，一九九八年遼寧教育出版社曾出版簡體版。今經點校、分段整理後重新出版，是為繁體字首次出版，並加上書名「晚清詩人軼事」，作《晚清詩人軼事：光宣以來詩壇旁記》，特此說明。

目次

俞樾與袁隨園

袁簡齋（枚），己未朝考題為〈賦得因風想玉珂〉，有句云：「聲疑來禁院，人似隔天河」，刻畫「想」字甚佳。時總裁諸公以為語涉不莊，將擯之。大司寇尹文端（繼善）爭曰：「此人肯用心思，必年少有才者，尚未解應制體裁耳。此庶起士所以需教習也。倘進呈時上有詰問，我當獨奏。」眾議始息。袁之與館選，文端之力也。已而，上命尹教習庶起士。袁獻詩云：「琴爨已成焦尾斷，風高轉重落花紅。」此袁尹文字因緣也。

俞蔭甫（樾）幼不習小楷書，而故事殿廷考試專重字體。道光三十年，俞捷春官，保和殿覆試獲第一，人皆疑焉。後知為曾湘鄉相國所賞所致。曾得俞卷，極賞其文，言於杜文正，必欲置第一。群公集觀，皆曰：「文則佳矣，然倉卒中安能辨此？殆錄舊文耳。」曾曰：「不然，其詩亦相稱，豈詩亦舊詩乎？」議遂定，由是得入翰林。詩題為〈淡煙疏雨落花天〉，俞詩有句云「花落春猶在」，曾奇賞之曰：「此與『將飛更作迴風舞，已落猶成半面妝』相似，他日所至未易量也。」後曾氏出將入相，功業之盛，一時無兩。而俞氏則自罷豫學使後，淪棄終身，窮老著述，雖名滿天下，然終以書生老矣。

同治四年，俞在金陵寓書於曾公，述及前句。且曰：「由今思之，蓬山乍到，風引仍回，洵符花落之讖矣。然比來杜門撰述已及八十卷，雖名山壇坫萬不敢望，而窮愁筆墨，倘有一字流傳，或亦可言春在乎？此亦無聊之語，聊以解嘲，因顏所居曰『春在堂』。他日見吾師，當請為書此三字也。」師生沆瀣，均緣詩句作合。俞氏事正與簡齋相類，亦文壇嘉話也。俞氏亦曾以隨園事相媲。其集有〈上曾滌生爵相書〉云：「金陵晉謁，小住節堂。一豫一遊，叨陪末座，窮園林之勝事，敘觴詠之幽情，致足樂也。憶袁隨園上尹文端啟事云：『日落而軍門半掩，知鐙前尚有詩人；山遊而僚屬爭看，怪車後常攜隱者。』樾以山野之眼，追隨冠蓋之間，頗有昔賢風趣。而吾師勳業高出文端之上，奚啻倍蓰，則樾之遭際亦遠越隨園矣」云云，正引袁相況。

又有〈與肅毅伯李少荃同年前輩書〉亦有云：「頃閱邸抄，知承恩命攝篆兩江。因思金陵為名勝之區，又得閣下主持其間，未識有一席之地可以位置散材否？近世以浙人而作白下寓公者，惟隨園老人至今豔稱之。其人品，其學術均非樾所心折，然其數十年山林之福，實為文人所罕有，而非尹文端為制府，則亦安能有此耶？樾之薄福，固不敢希冀隨園，而閣下動名，則高出文端萬萬矣」云云，取譬尹、袁，意亦猶之。（據《隨園詩話》、《春在堂隨筆》隱括之。）

肅毅伯李少堂制府與俞氏，於鄉榜為同年，於翰林為前輩，然俞與李固未嘗一面也。同治元年，肅毅奉命撫蘇，駐上海，有商華伯太守者，與俞亦甲辰同年也。公見之問曰：「浙江同年有孫琴西、俞蔭甫二人，頗識之否？」以相識對。問所在，無以應也。適章采南修撰視學閩中，道出上海，亦與俞為甲辰同年。華伯問知俞在天津，以告公。公喜曰：「若致書，先為吾道意。」俞聞而感之，然俞實不知李公何以知之也。同治四年，俞氏始識李公於金陵，請其故，公曰：「湘鄉告余也。庚戌會試後，余問湘鄉今科得人否？舉君名以告，因識之，不敢忘。去年余充江南鄉試監臨官，見湘鄉公於金陵。猶能誦君覆試時詩也。」俞氏歎曰：「以樾之不肖，猶未見棄於師友如此，可感亦可愧也。」此一則見俞氏《春在堂隨筆》。

周昀叔星譽

祥符周昀叔（星譽）、季貺（星詒）昆仲，在同光間並負才名，詩、長短句並工。而昀叔亦曾見賞於曾湘鄉相國，外人殊少知之也。頃見桐城吳先生尺牘，有戊戌閏三月十九日〈與福建李勉林廉訪書〉，中云：「南中近刻《五周先生集》，今呈上一冊。五周先生者，敝師昀叔先生昆仲合集也。先生為文正公高第弟子，庚戌朝考，以〈山虛水深〉命題，文正公擊賞先生試帖二句云：『鶴舞空崖月，龍吟大海潮。』以為此真詩人之作。拔置第一。歸告龐省三，龐時在公邸教授，與先生為同年，聞而走告先師。及揭曉，都下轟傳此事，以為藝林佳話。先師在翰林臺諫數十年，聲名大振。周荇農先生以才自詡，獨心折昀師。今遺稿零落，存者亦泰山毫芒耳。」云云。周昀叔受知於曾公，與俞蔭甫事極相類。並錄存之。

周季貺星詒

周昀叔星譽以試帖見賞於曾文正，已略載前篇。然其弟星詒學行，瑞安孫詒讓有〈窳詩質跋〉言之甚詳。跋云：

右五言律詩一卷，周季貺先生所著也。先君以道光庚戌成進士，與祥符周叔雲先生為同歲，又同入史館，春明文宴，往還最密。先生昆季五人，咸以高文邃字，名重一時。而季弟季貺先生尤淹洽。喜收藏異書，著錄數萬卷，多宋元舊槧及乾嘉諸老精校善本，三榮郡齋，不是過也。先君曩官江東，季貺先生亦需次閩中，時馳書從先生借鈔秘籍，輒錄副見寄。手自理董，丹黃雜遝，精審絕倫。某某嘗與校讀，每伏案欽誦，以為抱經、蕘圃，未能專美。既而老友譚君仲修，復為誦先生所作詩詞，尤多造微之作，則又竊歎先生述造之富，非徒校讎略錄之學也。比先君以太僕引疾歸里十餘年，季貺先生亦解組歸寓吳門，書牘疏闊，久不相聞。

光緒乙未冬，先生外孫冒鶴亭孝廉來瑞安，得從問先生起居，出示先生手定五言律詩五十餘篇。蓋先生少年時著集甚富，晚年手自刪簡，又質之仲修，相與商榷，僅存此一卷。高眇之致，寓諸平易；嶔奇之懷，返之沖澹。抒山長老有云：「清景當中，天地秋色。」可與論先生之詩矣。某之少時，先君嘗授詩法，稍長治經史小學，此事遂廢。間有所作，神思蹇澀，不能申其恉。每念袁簡齋砭淵如先生語，輒用自愧。今讀先生茲集，托興孤邁，妙造自然，益復爽然自失。夫商彝周鼎，範制簡樸，而非巧冶所能放造。此豈塗澤雕繢者所能窺其萬一乎？獨恨先君於前年冬棄養，與季貺先生卅載神交，未得一見茲集，此尤孤露餘生所為展卷而泫然霣涕者已。

李慈銘

頃閱李蒓客《越縵堂日記》，其中詆毀時人不勝錄，茲酌記其一二，以概其餘。

妄人趙之謙者，亡賴險詐，素不知書。以從戴望、胡澍等遊，略知一二目錄，謂漢學可以當腐鼠也。亦竊購奇零小書以自誇炫，嘗得錢竹汀《庸言錄》寫本，不知其已刻也，深秘之，改造書名，冒為己作以示人。（光緒五年己卯十一月廿九日記）

閱《鄦叔績遺書》，前刻楚人王闓運所為傳，意求奇崛，而事蹟全不分明，支離蕪雜。此人盛竊時譽，唇吻激揚，好持長短。雖較趙之謙稍知讀書，詩文亦較通順，而大言詭行，輕險自炫，亦近日江湖佹客一輩中人也。日出冰消，終歸朽腐，姑記吾言以諗後來而已。（光緒五年己卯十二月初二日記）

文廷式《聞塵偶記》云：「李蒓客以就天津書院故，官御史時，於合肥不敢置一詞。觀其日記，是非亦多顛倒。甚矣！文人託身不可不慎也。然蒓客秉性狷狹，故終身要無大失。視舞文無行之王闓運，要遠過之。」

記王湘綺

談近代詩壇老宿，自以湘綺老人為首屈一指。然湘綺一生之遺聞軼事，言者甚多，亦有傳之過甚。茲就所憶及而見聞屬於正確者，略記數則，以供談薈。

（一）

湘綺蚤登賢書，既入都，與湖口高心夔叟裾侯門，同為尚書肅順賓客。時順雖未居樞要，以御前大臣得文宗寵任，頗與聞國事。引王、高為策士，蹤跡甚密。湘綺辛未日記，曾載往視裕庭之子，及屢憶瀓園往事。裕庭，即順字也。相傳胡曾之任地方，專軍務，以及左在駱幕時，謗讟繁興，文宗將與重懲。為郭筠仙侍郎嵩燾（時以翰林任南書房行走）與湘綺謀諸順，而由潘文勤奏請，乃得大用。順固夙持重漢輕滿之策者也。當時評騭人才，佐籌軍國，多與時局相關。此事閎無人知，後亦無以佐證。湘綺屢至曾胡戎幕，皆為賓客，不久即去。

文正駐軍祁門，兵革方亟，湘綺適客軍中。文正假事分遣幕府文士，意不欲同罹於難。眉州李眉生按察鴻裔，方佐幕中，私窺文正意，進言：「壬秋在此，何不使避去？」文正慨然曰：「吾幕文士，以事遣行，不露形跡，軍心不至搖動。壬秋以客來此，遽送之行，恐外間譁然耳。但壬秋必知自處，子試窺其作何狀，即報我。」李往覘，湘綺方據几讀《漢書》，以白文正。文正笑曰：「壬秋殆將行矣。」已而報湘綺他去。蓋早儲一舟於山溪，其僕即操檝者。李詢文正：「何以知其必行？」文正亦從容告之曰：「壬秋宿學，《漢書》何必注視凝思？殆藉看書有所籌策。」李為嘆服。此雖細事，足徵文正之臨事鎮定，湘綺之警策，眉生之相從無去志，均有足多者。然文正於湘綺，始終敬禮有加，卒不用之。

光緒初，湘綺依丁文誠蜀中，延主尊經書院。後歸湘，主講有年。乙丑一至天津，李文忠亦優禮之。其意實在講席。時蓮池為吳摯甫，問津為李越縵，名學相埒。雖自言倦受館餐，他無所冀，實亦不無缺望。後謁張文襄、端匋齋於金陵，陳筱石、劉景韓、夏莜軒於鄂、浙、贛、陝，皆在投饋。戊申，特授檢討。辛亥後，又為項城羅致，任清史館館長。其甲寅日記在都各事，細繹殊有意味。籌安會成，由夏午詒、楊皙子為媒介，曾以代價易一推戴之電，時已八十矣。數十年耆宿名儒，少年為諸侯上客，晚歲乃奔走道途，終身抑塞磊落，亦晚清文士之怪傑也。

（二）

湘綺以民國三年甲寅三月應項城國史館館長之招入都，時湘綺年已八十有三。而其時所謂寵姬周媽者，亦攜之北上，朝夕不離左右。外間傳說，頗有近於莫須有者。實則老人以八十高年，何嫌可疑？乃有如外人所云云者。今觀甲寅日記中所記，亦復殊有風趣。如云：「楊晳子請至廣和居，攜周嫗往。」（三月十八日。）「欲條陳，周婆尼之而止。」（閏五月十九日。時湘綺任參政院參政，欲上條陳，乃謀及婦人耶？）「看報，言周媽事，殊有意味。王特生亦求周媽，則無影響矣。」（六月七日。時湘綺回湘。）「聞周媽已上湘矣，甚為失望。」（六月十五日。時湘綺方重回京。周媽先上湘。）「周媽已到，移船往迎。」（十八日。）「周嫗呻吟為蟲鳥音，入主人心。請周生買藥，遇慢郎中，至午乃還。」（七月八日。南人呼醫生為郎中。）「廿一日，晴。伺候周嫗出遊東安市場。」（八月。）「周嫗言黃俠仙母思子發狂。與書袁公，再請之。重伯云已將結案。今日又逢袁生日，不便擾之，乃持信去，又不得千元矣。宜令完夫知之。」（八月廿四日。按黃俠仙即黃同生，宜黃人。能白日見鬼神，且能望人頂上氣，以斷吉凶。民國三年夏，其子因事受羈，曾託湘綺為當道緩頰。湘綺允之。當時都中以黃案交法院辦。即有人言黃以千金賄周媽。陳完夫曾告之湘綺。湘綺云：「余信又長價矣。」故此記及之。）此皆可玩味。湘綺於是年冬月辭館長。十二日晚間，搭京漢車返湘。先有一呈辭國史館館長及參政各職，起句云：「呈為帷簿不修，婦女干政，無益史館，有玷官箴，應請罷免本兼各職。」內述年邁，不能須臾離周媽，而周媽招搖撞騙，可惡已極。此雖嬉戲之筆，亦玩項城於股掌也。

（三）

湘綺於冬月十四日抵漢口，又作一書與袁項城。其書云：「前上啟事，未承鈞諭。緣史館設立，本意收集館員，以修諮訪，乃承賜以月俸，遂成利途。按時支領，又不時得，紛紛問索，遂致以印領抵借券，不勝其辱。是以陳情辭職，非畏寒避事也。到館後，日食加於家食，身體日健，方頌鴻施，故欲停止兩月經費，得萬餘金，買廣廈一區，率諸員共聽教令，方為廉雅。若此市道，開自鯫生，曾叔孫通之不如，豈不為天下笑乎？前擬將頒印暫納夏內史處，又嫌以外干內，因暫送存敝門人楊度家，恭候詢問，必能代陳委曲。闓運於小寒前由漢口還湘，待終牖下。奉啟申謝，無任愧悚。敬頌福安。闓運謹啟。附啟者，覲見禮服，夏熱冬寒，眾皆不便。宜飭改用中制。」此啟亦多趣語。

（四）

湘綺平生，以詼詭見稱，晚年尤恣肆玩世。要之出言風趣，令人解頤。此亦舊日文人通習，非性情乖僻也。茲再記其二三事。武陵陳銳云：「湘綺翁徇端方之請，重遊江南，年已七十餘矣。時余方攝靖江縣事，同人電招往會，文酒過從無虛晷。翁日見客數十起，赴宴四五處，或小車徑往，未嘗言疲。陶榘林進言曰：『久違先生，而滿臉春氣，為壽無量。』翁曰：『凡當名士的，必帶幾分秋氣。爾乃謂我有春氣耶？』一日宴於袁氏寓園，翁獨後至。入門即言曰：『頃從某處席散，人謂我何往？我笑曰：中和園耳。』中和園，本普通飯館名。而是日主人則同鄉唐子中、秦子和、陳子元三觀察公宴也。辛亥國變次年，翁年八十。賀客皆短衣剪髮，作洋人裝。翁蟒袍貂褂，道貌岸然。或有諫之者，翁曰：『客輩皆著外國服，吾獨不可耶？』後二年，為項城強起入都，車至新華門，翁搴帷曰：『嚇，新莽門！』其發言成趣如此。翁鳳目長髯，儀觀甚偉。雖言談詼恣，造次必有檢則，訓迪諸子，不稍寬假。從學諸生，罔敢悖慢。每至人家，主人未出，未嘗就坐。翁在湘主講衡陽船山書院時，有請業者，歡然指授。凡所圈點，朱粲如印模。此皆讀書人結習，不盡如人言怪誕也。」

（五）

袁克桓嘗於甲寅間從湘綺學詩，日記中所稱為「袁四公子」也。是年十一月五日，雪。六日日記云：「晨起看雪，猶有搓綿。喜冬至郊得瑞雪。天亦三年不食矣。豈喜於得禮耶？作詩志之。詩云：『夜寒忽微和，時雪曜祥霙。良辰接至日，晏處共齋明。郊壇曠高寒，懍栗懼宵升。聖相總隆禮，百僚肅精誠。練縯豈無感，神哉沛先靈。九衢既平直，四海慶豐盈。麥苗信有孚，荔挺佇微馨。余昔賤龍衣，徂年漫自驚。幸無緇塵污，歸與閉柴荊。』以示袁四公子，為發蒙學詩也」云云。余謂此雖湘綺老年一時興到之戲筆，然局度整齊，章法顯露，恰是老人早年正格，亦即為後生學詩之榘範。欲學湘綺一派詩者，試就此一篇細細味之，其門戶固歷歷可窺也。（是年十一月七日冬至。）

（六）

湘綺言談詼詭，開口成趣，而其聯語亦有之。如郭筠仙（嵩燾）之卒也，湘綺輓聯云：「悲憫聖人心，孟子見分際，而公見乖崖，若論名世當時笑；詞華翰林伯，同年居要津，而屏居鄉里，畢竟文章誤我多。」殊有諧趣，然非湘綺不敢言也。張文襄公之卒也，嘗遣其子代輿會葬，因為撰聯云：「文襄若比左文襄，漢宋兼治，更有鼇頭廷對策；年伯今稱太年伯，斗山在望，來觀馬鬣聖人封。」代輿與文襄之孫為拔貢同年也。

（成都顧印伯先生為湘綺翁掌教成都尊經書院時所得士，先君又出顧先生之門，於湘綺為再傳弟子，故翁嘗以戲比康南海（見《湘綺樓詞》）。民國癸丑，翁入京充國史館長，先君起居之，因叩以史事。翁笑曰：「民既無國，何史之有？惟有館耳。賢契無事可常來坐坐。」此亦汪先生所云言談詼詭之一端也。先君云爾。——千帆注）

張樵野侍郎

今年八月，美以原子彈炸日本廣島。因憶光緒甲午，清廷派張蔭桓、邵友濂、王之春往日本議和，三使臣即於廣島登陸，以俟日本派大員接洽議和事。不意日本以三人資望不孚，藉詞拒絕。於是三使臣折回，改任李合肥，而有《馬關條約》，此奇恥也。今此城盡燬，足以雪中國五十年前之奇恥大辱，亦天道好還之一證也。惟三使中，以張樵野侍郎蔭桓，為一時異才。其起既以小吏，其升擢亦出人意外，其末路尤可悲憫。蓋以其才具非凡，而氣足凌人，睥睨一切。致禍之由，固有自矣。

蔭桓家世習商，而頗能折節讀書，以奇才自負。祁景頤云：「張蔭桓於同光時，隨其舅氏李山農觀察宗岱於濟南，落拓無聊，以弈棋自遣，嘗徜徉於大明湖畔。時朝邑閻文介公敬銘撫魯，勵精圖治，屬吏嚴憚之。一日以事屬幕府草文，不愜意：自為之，亦覺未當，因以屬李山農觀察。李歸為張言之。張固工文，因請試為之。稿成，李以呈文介，本期塞責，不意文介大為嘉許，以為黃祖腹中也。其文明顯簡要，極合章奏體制。文介問李何人屬稿，李不敢隱，以張蔭桓對，遂令進見。與談大洽，遂得入幕府。文介剛傲，不易相處。張乃因勢利導，倍加倚重。時各省傳教之士，驕縱不法，張承撫命，遇事操縱得宜，是為張氏外交之發端。

繼文介撫東為丁文誠寶楨，丁亦激賞之，累保至候補道，分發湖北。漢口華洋雜處，張承上峰命，處理交涉，悉協和宜，特簡安徽徽寧池太廣道。光緒甲申，文介入樞府，薦其堪任洋務大臣，乃開缺，以三品銜在總理各國事務衙門學習行走。正值法越事起，文介與錢唐許恭慎公同兼總署，朝命與張氏會同辦理定約劃界事宜，外有李文忠折衝。我以諒山大捷，法乃遷就議和。時張氏躬操權柄，銳意任事，又恃樞援，意氣益驕矜，為人側目。當時風尚，京朝九列清班，除滿、蒙外，漢則居恒甲科出身，少次亦由門蔭家閥隆重，罕有雜流羼入。張氏以外職崛起，至於卿貳，即不露鋒芒，亦難久安其位，況機鋒四露，遇事任性耶？故被劾四次，給事中孔憲珏參其私致書上海道。次日，醇邸承旨撤總署昆岡、周德潤、陳蘭彬、周家楣、吳廷芬、張蔭桓差使。已而授直隸大順廣道，復以三四品京堂候補出使美、日、秘，蓋李文忠所薦也。

海外使還，超擢侍郎。辛卯冬，錢侍郎應溥赴河南查辦事件，命張署其禮部侍郎。故事：吏、禮二部尚侍，漢缺非翰林、進士不可，拔貢朝考用部，反能補署，舉人亦且不能得。昔年曾忠襄公以功勳重臣，曾署禮尚。忠襄起自優貢，人雖不敢言，亦期期以為不合舊制。時高陽李文正以為禮部尚書，嘗與其門下一、二翰林言之，以張署侍郎為不當。迨張氏二次入朝，每年供獻不貲，揮霍巨萬。兩宮時有供奉，結納內侍，所用尤巨。吳漁川（永）觀察《庚子記事》謂張於中官不甚理論，殊不儘然。甲午日本事起，曾命偕邵撫部友濂往議和，日本忽拒之，謂其位望不足，乃改命文忠。次年丙申和議成，言者蜂起，劾其與海鹽徐尚書用儀納賄辱國。李文忠留京入總署，翁文恭亦得兼職。凡遇交涉，必使侍郎同為處理。文恭尤為推重，每日函牘交馳，張氏亦勤勤納交，款接益密云。」（出祁景頤《谷亭隨筆》）

張樵野與翁文恭交歡事，甓園居士（劉焜）《庚子西狩叢談》述吳漁川觀察永語云：「張蔭桓在總署多年，尤練達外勢。翁常熟當國時，倚之直如左右手，凡事必諮而後行。每日手函往復，動至三、五次。翁名輩遠在張上，而函中乃署稱『吾兄』『我兄』，有時竟稱『吾師』，其推崇傾倒，殆已臻於極地。今張氏裒輯此項手札，多至數十巨冊。現尚有八冊存余處，其當時之親密可知。每至晚間，則以專足送一巨封來，凡是日經辦奏疏文牘，均在其內，必一一經其寓目審定，而後發佈。張氏好為押寶之戲，每晚間飯罷，則招集親知僚幕，圍坐合局。而自為囊主，置匣於案，聽人下注，人占一門，視其內之向背以為勝負。翁宅包封，往往以此時送達，有時寶匣已出，則以手作勢令勿開，即就案角啟封檢閱。封內文件雜遝，多或至數十通。一家人秉燭侍其左，一人自右進濡筆，隨閱隨改，塗抹勾勒，有原稿數千字，而僅存百餘字者；亦有添改至數十百字者，如疾風掃葉，頃刻都盡。亟推付左右曰：『開寶！開寶！』檢視各注，輸贏出入，仍一一親自核計，錙銖不爽，於適才處分如許大事，似毫不置之胸中。然次日常熟每有手函致謝，謂某事一言破的，某字點鐵成金，感佩之詞，淋漓滿紙。足見其倉卒塗竄，固大有精思偉識，足以決謀定計，絕非草率搪塞者。而當時眾目環視，但見其手揮目送，意到筆隨，毫不覺其慘澹經營之跡。此真所謂舉重若輕，才大心細者，宜常熟之服膺不置也。」（以上《庚子西狩叢談》）又《谷亭隨筆》後段亦云：「李文正亦舊輔再出，眷注甚隆，在總署亦惟張氏之言是從。常熟有時利用張氏，以排同官，表面無間，心亦不洽。如總署考滿章京，侍郎出題閱卷，翁言：『樵野閱卷，余收卷點數而已。』四十年老於典校，當此一歎。次日考漢章京，翁言：『樵野欲一人專主，余不自量，看六十本，而樵仍覆閱。伊加圈頗濫，余笑頷之而已。』恭邸託一人，余曰：『某已擯之矣。』因不覺力斥其妄，不歡而罷。比通校一過，樵既加圈，不能不盡前，大為所苦。不滿之意，溢於言表。」據此，則人言翁張似非真能融洽始終無間者，亦自有徵。祁氏所引，蓋錄自《翁文恭公日記》也。

沈宗畸云：「吾鄉張樵野侍郎蔭桓，起家簿尉，粗識字。中歲始力學，與南海謝偶樵（朝徵），以文字相切磋。偶樵丈著《白香詞譜箋》，參訂者侍郎也。侍郎詩文，皆卓然成家，餘力作畫，亦超逸絕塵，真奇才也。生平做事，不拘繩尺，以外官致身卿貳，朝中諸大老尤疾之。戊戌五月，常熟罷相，侍郎亦為言官論列，聞已有旨飭步軍統領查抄，以榮祿力救獲免。某君筆記云：嘗見侍郎為人畫便面，濕雲滃鬱，作欲雨狀。雲氣中露紙鳶一角，一童子牽其絲，立危石上。自題二句云：『天邊任爾風雲變，握定絲綸總不驚。』蓋被劾時作云。又侍郎遣戍西行，有〈九月晦渭南道上得廉生祭酒書，述敝居及兒塏消息，奉答一首〉，詩云：『無限艱危一紙書，二千里外話京居。覆巢幾見能完卵，解網何曾竟漏魚？百石齋隨黃葉散，兩家春共綠楊虛。灞橋不為尋詩去，每憶高情淚滿裾。』按侍郎藏石谷畫至多，築百石齋貯之。王祭酒，名懿榮，殉庚子之難，有賜謚。侍郎詩筆清蒼深鬱，接武眉山少陵，七古浩氣磅礴。余嘗抄存數篇，茲僅錄近體，以限於篇幅也。」（《便佳簃雜抄》）

張樵野於光緒朝歷任戶、禮、兵、刑、工五部侍郎，軍機處、總理衙門行走。戊戌新政敗，清廷誅黨人，詔遣蔭桓戍新疆。庚子拳亂，新疆巡撫陶模請赦逐臣，為載漪所忌，乃矯旨就地正法，而樵野死矣。近有牟伯融者，撰〈紅棉歎〉，詩格不高，然考樵野事者，不無可取也。因紀張氏事，遂連類迻錄於此。

〈紅棉歎〉牟伯融

木棉樹，攀枝花。未發葉，先著葩。
陽春正二月，葩開豔若霞。東風一振盪，搖落雜泥沙。
綠葉成陰棉吐絮，禦寒不中作衣被。
除卻漫天作雪飛，牧豎賣錢拾滯穗。
攫拿枝幹只輪囷，赤騰騰氣上干雲。
百石堂中老名輩，別號紅棉舊主人。
世居佛山清河商，太翁操持計然計。
中人之產食指多，有子不循弓冶義。
雞群獨鶴出群材，誰識張生負異才！
西庫五車悉貫串，歐風美化總精該。
其奈文章不中程，三十未能青一衿。

寧知才大難為用，笑煞禪山市井情。
季子歸來家不齒，殘羹冷炙敝衣履。
風塵青眼出青樓，惟有阿金一知己。
解佩凌波紫洞舟，添香瀹茗媚香樓。
只道花錢出措大，誰知姹女貼纏頭。
春光漏泄寮婆惡[1]，貼錢養漢龜凌弱。
姐兒愛俏鴇愛鈔，寒酸豈有迷人藥。
三郎未必終郎當，飛上枝頭變鳳凰。
不然抉儂眸子去，休教貽笑大堤娼。
從此防閒逐窮客，俠骨癡情緣會絕。
青鳥殷勤為探看，乞與蕭郎壯行色。
矑別臨歧裹淚痕，最難消受美人恩。
願教丹桂發雲路，早拔青蓮出火坑。

1 粵語呼鴇母曰「寮口婆」。

有戚當年令山左，萬里尋親寧重我。
琴堂空賦彈鋏歌，手談聊泛明湖舸。
風行歷下桃花泉[2]，國手偏推粵客先。
賭墅竟能陪謝傅[3]，乘槎直上看張騫。
圍棋決勝特餘事，才比馬周工奏議。
央口合龍銅瓦箱，勤王先駐金台旆[4]。
進賢平遠丁中丞[5]，保送監司覲玉京。
不分汾江窮巷士，才名一旦動公卿。
斯文領袖翁師傅，壇坫齊名潘司寇[6]。
絕學發微公羊高，及門充塞翰林署。

2 棋譜名，范西屏製。
3 樵入山東撫幕，初以弈進。
4 光緒六年，俄兵犯界，詔調衛京之師。山東丁撫之兵先到，樵以河工、勤王兩案隨摺保奬。
5 丁文誠公寶楨。
6 潘文敏公祖蔭。

薦賢順德李侍郎[7]，經學新來敝邑張。
招致瓶花盦下坐，共來說餅相公堂[8]。
談經奪得十重席，五鹿折角閉喙息。
賦詩仍推粵派工，石甫樊山應擱筆。
帝師咄咄呼伯寅，老夫相士幾失真。
不謂雜捐超翰苑，白衣新得一門生。[9]
留京內用出廷諭，召對邇英授卿寺。
蔡邕一月歷三台，卻教禮部破成例。[10]
泥金傳遍五仙城，紫誥金章奉壽椿。
囑咐里門備儀仗，花車快送意中人。
正室魚軒到京邸，郎去三年阿金死。

---

7 李文恪公文田。
8 戴逵說經，以公羊為餅師。
9 樵以納捐吏目出身，常熟計相，門人盡屬甲科，白衣弟子惟樵一人。
10 六部則例，春官最嚴，非科甲不得補署。樵以捐納竟升右堂。

病骨難捱葵扇敲[11]，斷魂誰輓芙蓉誄[12]！
桃花命薄蓮苦心，豈獨傷心是小青。
博得英雄數行淚[13]，奈何天外惜餘春。
洋務邦交歸總署，恭王主政爵相副[14]。
盲人瞎馬壞方針，一丘之貉國是誤。
張衡能造渾天儀，鄒衍談瀛仍窵迷。
特派衙門充坐辦，又參樞軸入軍機。
平生畫愛石谷叟，賄還重購九十九。
合璧求全一幅山，百石堂成開笑口。
大郎承旨搜墨林，報說容齋畫寶琛。
不是狀元難割愛，只緣國使位方尊[15]。

11 粵語呼鴇母曰「大葵扇」。
12 金死係吞阿芙蓉膏。
13 樵聞金死，落淚而已。
14 合肥李文忠公。
15 出使德俄奧大臣吳縣洪鈞

通家謀畫結仇怨，指㗂臺垣糾吳縣。
當時中傷懷璧人，後來釀出彩雲案。
德宗宵旰在圖強，書上公車首推康。
百日維新建新極，格天一德是翁張。
移宮捕黨新政變，六士錚錚死國難。
引用匪人間兩宮，君與貴陽罰城旦[16]。
因果循環庚子年，滅洋扶清義和拳。
舉賢陶侃原憂國[17]，乞赦逐臣弭釁端。
拜疏開樽為君賀，老樵失色酒杯墮。
此何世界吾何歸，公欲福我反招禍。
端徐跋扈戰雲洶，得疏驚疑氣轉凶。
幾失充軍二毛子，爰書矯詔害孤忠。
六月天山電旨下，原保轉作監斬者。

16 貴筑李尚書端棻。
17 新疆巡撫秀水陶勤肅公模。

丹心碧血灑龍沙，斷送孤臣一樵野。
溯君廿載秉國鈞，緬越高麗臺灣淪。
富貴逼人天步棘，春秋責備在賢能。
嘉君抱負眼光利，提倡新法救國弊。
渙汗不成翊贊功，求治太急進太銳。
論君一生辜負恩，報書遲滯誤阿金。
阿金爭比金嬌幸[18]，金屋無人見淚痕。
蘇秦昔佩六國印，君領五部差相稱。
寵利居功不保身，四科所以先德行。
百粵重光我在軍，登龍客晤大郎君。
鳳毛未許同嵇紹，羊質寧堪溷景仁[19]。
入都爛入復辟黨，紈袴招災由狂妄。

18 光緒末粵妓金嬌故後，吳興沈叟費千金，建墓繪象，刻詩，門聯為鐵禪和尚撰。墓在息鞭亭畔，正對黃花岡。烈士美人已成羊石名勝。

19 詩人黃景仁，字仲則，張子同。

宋王押遺聖人逃[20]，爾獨何幸陷法網。
援引康海出尊公，父以此始子其終。
興亡轉燭三十載，風流雲散百暈空。
木棉本是不材木，木不為炊花竈蔌。
花名人號將毋同，輸與二樵飽眼福[21]。
宦遊佛鎮老年融，一訪鶯沙俠女蹤[22]。
君不見樵徑蒼茫綠野外，年年春至木棉紅。

《清史稿》二百二十九有〈張蔭桓傳〉，再錄之：

張蔭桓，字樵野，廣東南海人。性通倪，納貲為知縣，銓山東。巡撫閻敬銘、丁寶楨先後器異之，數薦至道員。光緒二年，權登萊青道。時英國請闢煙臺租界，議倡

---

20 宋芸子、王湘綺均押遺回籍。
21 黎簡山水以紅棉圖為多。
22 佛山鶯嘴沙為妓院所糜集。

馬頭捐以斂厚貲，蔭桓持不可。又義塚一區為人盜售，有司已鈐契矣；復與力爭，卒返其地。七年，授安徽徽寧池太廣道。抉蕪湖關痼弊，稅驟進。會久霪雨，江流衍溢，州邑吁菑，出俸錢賑之。明年，遷按察使。徵還，賞三品京堂，命直總理各國事務衙門。十年，除太常寺少卿。

蔭桓精敏，號知外務。驟躋巍官，務攬權，為同列所忌。給事中孔憲珏摭其致蘇松太道邵友濂私函為洩朝旨，劾之。詔出總署。又以語連同官，並罷周家楣等，朝列益銜之，左遷直隸大順廣道。

十一年，命充出使美日秘三國大臣。逾歲赴美，舟抵金山，稅司黑假索觀國書，蔭桓謂非關吏所得預，峻拒之。電詰美外部，黑假踧踖慚謝。至伊士頓，地近洛士丙冷，華民簞食相迎。初，華民之傭其地也，為美工燔殺，數至二百餘人。前使鄭藻如索償所毀財產，久不得直，至是皆待命蔭桓。蔭桓既達美都，即與其外部辯論，凡償墨西哥銀十四萬七千有奇。金山華民故好械鬥，嘗為文諷諭之。未幾，美設苛例，欲禁遏華工。蔭桓曰：「與其縶命它族，毋寧靳勿與通也。」於是倡自禁華工議。繼乃徇眾請，不果行。其他烏盧公司槐花園、澳路非奴、姑力、阿路美、的欽巴新蕾諸案，亦多所斡旋。又與日廷爭論小呂宋設官事，卒如所議。是歲，除太常寺卿，轉通政司副使。十三年，奏設古巴學堂，並籌建金山學堂、醫院。後三年還國，乃直總署。歷遷戶部左侍郎。

二十年，中日議和，命偕友濂為全權大臣，東渡。日人弗納。次年，復命與日使林董賡議商約，蔭桓力爭優待利益、徵收稅則二事，成通商行船二十九款，語具《邦交志》。二十三年，奉使賀英，上以其領度支，熟知外情，命就彼國兼議加稅，堅拒免釐。蔭桓歷英、美、法、德、俄而還，條具聞見，累疏以陳。大恉謂宜摒外援，籌固圉，為箴膏起廢策。二十四年，京師設礦務鐵路總局，被命主其事。數言修內政以戢民志，治團練以裕兵力，敕並依行。

先是變法議起，主事康有為與往還甚密。有為獲譴，遂褫蔭桓職，謫戍新疆。越二年，拳亂作，用事者矯詔僇異己，蔭桓論斬戍所。二十七年，復故官。

張之洞

南皮張之洞，起自儒臣，歇歷中外幾三十餘年。晚年內召時，清廷已不可為。蓋其時親貴用事，政以賄成，覆亡之禍已在眉睫也。惟南皮以儒術起家，清季興學之始，尤以釐定學制為平生得意之事。京師大學堂開創之初，羅致人才，及主持巴陵方氏藉沒圖籍納諸大學，皆為士林稱道。余以宣統初元入學。開學之日，南皮猶親臨主持入學典禮。時年事已高，兩僕人挾之上講臺。身軀短小，鬚髮皓然。其訓辭則似已預擬，僕以稿進，南皮誦之，聲至微細。至吾輩則皆衣冠（清制，補褂如舉貢服）肅立階下，敬聽如儀。今事隔三十八年，思之猶昨日事也。及宣統元年八月，南皮溘逝。余以諸生代表致祭於畿輔鄉賢祠。（張寓此地，與十剎海近。）入門，即見飾終上諭，矗立若屏。侍者引吾輩至禮堂，行跪拜禮，讀祭文而退。及南皮靈輀出都，余以代表送至城外。當時親見路祭者甚多，皆余所親睹者也。

張文襄公遺摺，為陳仁先侍御曾壽屬草，陳弢庵太傅潤色，而公於枕上改定之。中有云：「平生以不樹黨援，不殖生產自勵，他無所戀。惟時局艱虞，未能補救；累朝知遇，未能仰酬。將死鳴哀，不敢不攄其愚，泣陳於聖主之前。當此國步艱難，外患日棘，民窮財盡，百廢待興，朝廷方宵旰憂勤，預備立憲，但能自強不息，終可轉危為安。伏願我皇上親師典學，發憤日新，所有因革損益之端，務審先後緩急之序。滿漢視為一體，內外必須兼營，理財以養民為本，恪守祖宗永不加賦之規。教戰以明恥為先，毋忘古人不戢自焚之戒。至用人養才，尤為國家根本至計。務使明於尊親大義，則急公奉上，自然日見其多。方今世道凌夷，人心放恣，奔競賄賂，相習成風，尤願我皇上登進正直廉潔之士，凡貪婪好利者，概從摒除。舉直錯枉，雖無赫赫之功，而默化潛移，國家實受無窮之福。正氣日伸，國本自固，凡此愚誠之過計，皆為聖德所優為。倘荷聖明採擇，則臣死之日，猶生之年。」（下略。）先一日已擬特謚文忠或文正，此遺疏上，以「不樹黨援，不殖生產」二語，觸某邸之忌，臨時忽易前議，改謚文襄云。

南皮於光緒初年喜言事，與寶廷、陸寶琛、張佩綸等有「四諫」之稱，時號清流。自七年後，以山西巡撫出任疆寄，嗣移督兩廣、湖廣、兩江。凡建鐵路，練新軍，創學校，定幣制諸大政，皆規模宏大。庚子拳變，與劉坤一、李鴻章、袁世凱定保護東南之約，為最有功。然其人好大喜功，不謹細行，又盛氣凌人，故毀之者亦不乏。

頃見武陵陳銳《抱碧齋日記》云：「張文襄用人成見甚深，及所甄錄，一門第，二科甲，三名士。晚年提倡新學，兼用出洋學生，舍是無可見長矣。名位本高，於幕府賓僚，初不注意禮數，隊淵加鄰，亦所時有。初移節來兩江，余惴惴焉，未敢進謁，恐其幕府我也。後以糧儲胡研蓀同年屬撰劉忠誠祭文，獲蒙傳見。問答頗為投契，如師弟子然。又詢以近時所看書，則以諸先正奏議對。文襄曰：『奏議以汝湖南陶文毅為佳。文毅之文於規行矩步之中，仍有一種灝氣精光，不可磨滅。作文因當如是，作官亦何莫不然。』言時捋鬚搖頭。余自覺醰乎有味。後文襄再還鎮武昌，蒯禮卿觀察果來言：宮保欲攏君赴鄂。余婉辭乃止。聞文襄在鄂時，官場以『號令不時，起居無節，語言無味，面目可憎』十六字為公贈聯。公亦微聞之。一日語人曰：『外間謂余號令不時，起居無節，事誠有之；面目可憎，則余亦不自知；至於余之語言何嘗無味，餘人特未嘗與余談耳。』初余代撰祭文，文襄為改二句，已見存稿。旋命撰劉忠誠木主入祠文，尤為激賞。茲從篋中檢得，附錄於此。文云：『嗚呼！麾頭星隕，風馳甲馬之聲；箕尾神歸，氣壯山河之色。畏壘庚桑之社，永遺愛於馨香；成都葛相之祠，垂大名於宇宙。恭聞故實，式展明禋。奉栗主以告虔，緬桂梁之有赫。千人會舞，豪酋稽面而來；一詔旌忠，父老輟舂而聽。伏冀靈旗來下，毅魄長依。蔭江淮千里以安流，翊帶礪萬年於有永。豈直羊公名德，爭看墮淚之碑；庶幾召伯遺風，勿翦甘棠之樹。』」又云：「文襄鎮廣州時，林訪西觀察在其幕府。訪西，名賀峒，侯官林文忠公長孫也。文襄欲以女妻訪西弟，訪西白庶母，意不可。文襄大慚恨，遂與林疏。後文襄督兩江，猶以前事為嫌，訪西終不得進用。吾郡易實甫，亦文襄所特賞，朝夕進見，靡會不從。後以奉命擬文稿，中頗用新名詞，文襄大怒，戒從官以後易來謁，毋得通報。其喜怒有如此者。文襄獎新學，而喜舊文。又一日見一某君擬件，頓足罵曰：『汝何用日本名詞耶？』某曰：「『名詞」亦日本名詞也。』遂不歡而散。」此皆可見南皮嗜好喜怒，與人自殊。至其在節鎮時，揮金如土，尤人所共知者也。

南皮久任疆圻，自負資望，每以倨態對客，凡追隨南皮久者，皆能言之。惟其慢袁世凱一事，則言人人殊。梁啟超氏則云：「光緒壬寅，張在江督任時，袁至南京，與張有所議。袁行之日，張餞之。酒及半，張乃睡熟，久而未醒，袁不及待而行。及醒，急命隊請袁回。袁欲不返，幕僚勸之行。比至，重張宴謝罪，歡飲而別。時袁為北洋督也。」李寶嘉（武進人，即南亭亭長。有《官場現形記》行世，此事見《南亭筆記》）則云：「壬寅冬間，袁以母喪請假回籍。事竣，道出南京，與張相見，甚歡洽。袁作魏武帝語曰：『天下英雄，惟使君與操耳。』張不謂然，袁方欲有言，而張已隱几臥矣。袁出，張亦不送。袁大怒，徑登兵輪，速令開船。南洋管駕以未奉張制軍令，辭不敢。袁愈怒曰：『汝謂我北洋大臣不能殺南洋兵輪管駕乎？』不得已，乃啟椗。迨張聞礮聲驚醒，急遣材官飛馬持令箭，諭管駕不許開船，制軍即來答拜。張至江干，船已離岸。袁在柁樓，與張拱手曰：『他日再通函可也。』張嗒然而返。後張赴京覲見，虛懸半年，皆袁所為，蓋修前日之怨也。」李氏所言，委曲若此，終近小說家裝點語，恐不盡可信。近閱徐樹錚《視昔軒遺稿》，中有〈致馬通伯書〉，論南皮亦及此事，且得之目擊，當為可據。其書云：

通伯先生道席：南皮公傳稿，諦誦數四，裁翦嚴絜，愜心貴當，重事輕舉，蕭然若無覺矣。篇中多用側筆，運以曲致，諷譽相孕，抗墜在心，殆合取龍門、六一之神髓，別造新妍，而不襲貌似者也。惟鄙見以為有清中興以來，自合肥李公逝後，杜國世臣，資望無逾公幹，幹略無逾項城。公於爵齒德俱尊，而輩行又先。項城功名中人，仰公如神。其時公果涵以道氣，馭以情真，兩美欣合，共憂國是。項城不憤親貴之齮齕，盡其材畫，戮力中朝。公雖前卒，而武昌之變，至今不作可也。詎公與相遇，殊形落寞，項城執禮愈恭，則愈自偃蹇以作老態。壬寅之春，公過保定，項城時權直隸總督，請閱兵。既罷，張宴節府，樹錚躬侍陪席，親見項城率將吏以百數，飭儀肅對，萬態竦約，滿座屏息，無敢稍解。而公欹案垂首，若寐若寤，呼吸之際，似齁齁然隱齁動矣。蓋公去後數月，項城每與僚佐憶之，猶為耿耿也。一色息之細，不能稍自節束，以籠絡雄奇權重之方面吏，徒使其心目中更無可畏、可愛、可敬之人，生與並世，漸滋其驕譎之萌，致力於拒納之術，以遺後世憂。當日袞袞諸公，何人曾足語此？此亦清室興廢一大關鍵，而《春秋》責備之義所不容，不獨嚴於公也。鄙見以為宜於傳中，微書數言，俾後之讀史者有所考，而知所以自處之道也。先生其謂可乎？惟幸教及之，不宣。

按此文得之目擊，當視梁、李二氏所紀為可靠。惟南皮慢人，往往於廣坐大庭中，若寐若寤，甚至鼾作，久而始醒，事所恒見。惟三人所紀，皆為壬寅年間事，而梁、李則皆云在南京，徐又錚則謂此壬寅春間南皮過保定事，顯然殊異。徐氏所言於馬通伯先生者，當不誣。惟南皮壬寅春間並未嘗入京，其入覲則翌年癸卯春間事。徐云壬寅，又顯然為癸卯之誤，此應訂正者也。

徐氏書中所稱南皮公傳稿，當為《清史稿》張傳。惟《清史稿》各傳，是否有竄易，或即馬氏原文，今無馬氏手稿比勘，不得盡知。姑錄存於下：

張之洞，字香濤，直隸南皮人。少有大略，務博覽，為詞章，記誦絕人。年十六，舉鄉試第一。同治二年，成進士，廷對策不循常式，用一甲三名授編修。六年，充浙江鄉試副考官，旋督湖北學政。十二年，典試四川，就授學政。所取士多雋才，遊其門者，皆私自喜得為學途徑。光緒初，擢司業，再遷洗馬。之洞以文儒致清要，遇事敢為大言。俄人議歸伊犁，與使俄大臣崇厚訂新約十八條。之洞論奏其失，請斬崇厚，毀俄約。疏上，乃褫崇厚職治罪。以侍郎曾紀澤為使俄大臣，議改約。八年，授侍講，再遷庶子。復論紀澤定約執成見，但論界務，不爭商務，並附陳設防、練兵之策。疏凡七、八上。往者詞臣率雍容養望，自之洞喜言事，同時寶廷、陳寶琛、張佩綸輩崛起，糾彈時政，號為清流。七年，由侍講學士擢閣學。俄授山西巡撫。當大祲後，首劾布政使葆亨、冀寧道王定安等黷貨，舉廉明吏五人，條上治晉要務，未及行，移督兩廣。

八年，法越事起。建議當速遣師赴援，示以戰意，乃可居間調解。因薦唐炯、徐延旭、張曜材任將帥。十年春，入覲。四月，兩廣總督張樹聲解任專治軍，遂以之洞代。當是時，雲貴總督岑毓英、廣西巡撫潘鼎新皆出督師，尚書彭玉麟治兵廣東。越將劉永福者，故中國人，素驍勇，與法抗。法攻越未能下，復分兵攻臺灣，其後遂據基隆。朝議和戰久不決，之洞至，言戰事氣自倍，以玉麟夙著威望，虛己聽從之。奏請主事唐景崧募健卒出關，與永福相犄角。朝旨因就加永福提督、景崧五品卿銜。炯、延旭亦皆已至巡撫，當前敵，被劾得罪去，並坐舉者。之洞獨以籌餉械勞，免議。廣西軍既敗於越，朝旨免鼎新，以提督蘇元春統其軍。而之洞復奏遣提督馮子材、總兵王孝祺等，皆宿將。於是滇越兩軍合扼鎮南關，殊死戰，遂克諒山。會法提督孤拔攻閩浙，礮毀其坐船，孤拔殪，而我軍不知。法願停戰，廷議許焉。授李鴻章全權大臣，定約，以北圻為界。敘克諒山功，賞花翎。

之洞恥言和，則陰自圖強，設廣東水陸師學堂，創槍礮廠，開礦務局。疏請大治水師，歲提專款購兵艦。復立廣雅書院，武備文事並舉。十二年，兼署巡撫。於兩粵邊防控制之宜，輒多更置。著《沿海險要圖說》上之。在粵六年，調補兩湖。

會海軍衙門奏請修京通鐵路，臺諫爭陳鐵路之害，請停辦。翁同龢等請試修邊地，便用兵；徐會澧請改修德州濟寧路，利漕運。之洞議曰：「修路之利，以通土貨、厚民生為最大，徵兵、轉餉次之。今宜自京外蘆溝橋起，經河南以達湖北漢口鎮。此千路樞紐，中國大利所萃也。河北路成，則三晉之轍接於井陘，關隴之駿交於洛口；自河以南，則東引淮、吳，南通湘、蜀，萬里聲息，刻期可通。其便利有數端：內處腹地，無慮引敵，利一；原野廣漠，墳廬易避，利二；廠盛站多，役夫賈客可舍舊圖新，利三；以一路控八、九省之衢，人貨輻輳，足裕餉源，利四；近畿有事，淮、楚精兵崇朝可集，利五；太原旺煤鐵，運行便則開採必多，利六；海上用兵，漕運無梗，利七。有此七利，分段分年成之。北路責之直隸總督，南路責之湖廣總督，副以河南巡撫。」得旨報可，遂有移楚之命。大冶產鐵，江西萍鄉產煤，之洞乃奏開煉鐵廠漢陽大別山下，資路用，兼設槍礮鋼藥專廠。又以荊襄宜桑棉麻枲而饒皮革，設織布、紡紗、繅絲、製麻革諸局，佐之以堤工，通之以幣政。由是湖北財賦稱饒，土木工作亦日興矣。

二十一年，中東事棘，代劉坤一督兩江，至則巡閱江防，購新出後膛礮，改築西式礮台，設專將專兵領之。募德人教練，名曰「江南自強軍」。採東西規制，廣立武備、農工商、鐵路、方言、軍醫諸學堂。尋還任湖北。時國威新挫，朝士日議變法，廢時文，改試策論。之洞言：「廢時文，非廢《五經》、《四書》也，故文體必正，命題之意必嚴。否則國家重教之旨不顯，必致不讀經文，背道忘本，非細故也。今宜首場試史論及本朝政法，二場試時務，三場已經義終焉。各隨場去留而層遞取之，庶少流弊。」又言：「武科宜罷騎射、刀石，專試火器。欲挽重文輕武之習，必使兵皆識字，勵行伍以科舉。」二十四年，政變作，之洞先著《勸學篇》以見意，得免議。

二十六年，京師拳亂，時坤一督兩江，鴻章督兩廣，袁世凱撫山東，要請之洞同與外國領事定保護東南之約。及聯軍內犯，兩宮西幸，而東南幸無事。明年，和議成，兩宮回鑾。論功，加太子少保。以兵事初定，乃與坤一合上變法三疏。其論中國積弱不振之故，宜變通者十二事，宜採西法者十一事。於是停捐納，去書吏，考差役，恤刑獄，籌八旗生計，裁屯衛，汰綠營，定礦律、商律、路律、交涉律，行銀圓，取印花稅，擴郵政。其尤要者，則設學堂，停科舉，獎遊學。皆次第行焉。

二十八年，充督辦商務大臣，再署兩江總督。有道員私獻商人金二十萬為壽，請開礦海州，立劾罷之。考鹽法利弊，設兵輪緝私，歲有贏課。明年，入覲，充經濟特科閱卷大臣，釐定大學堂章程。畢，仍命還任。陛辭奏對，請化除滿漢畛域，以彰聖德，遏亂萌，上為動容。旋裁巡撫，以之洞兼之。三十二年，晉協辦大學士。未幾，內召，擢體仁閣大學士，授軍機大臣，兼筦學部。三十四年，督辦粵漢鐵路。

德宗暨慈禧皇太后相繼崩，醇親王載灃監國攝政。之洞以顧命重臣，晉太子太保。逾年，親貴寖用事，通私謁。議立海軍，之洞言海軍費絀可緩立，爭之不得。移疾，遂卒，年七十三。朝野震悼。贈太保，謚文襄。

之洞短身巨髯，風儀峻整。蒞官所至，必有興作。務宏大，不問費多寡。愛才好客，名流文士爭趨之。任疆寄數十年，及卒，家不增一畝云。（《清史稿列傳》二百二十四）

李慈銘《越縵堂日記》云：三代以下，惟恐不好名，其言誠是也。然好名亦有君了、小人之別：嚴流品，峻崖岸，崇名節，尚清議，主持絕學，不恥沈淪，拒絕非分，不顧貧賤，此君子也；雖或議論少激，意見少偏，不少為聖賢之徒。廣結納，爭聲譽，逞浮辯，恃客氣，索隱行怪，厚自標異，外驕內諂，敢為詭誕，此小人也；雖或飾詐行方，露才揚己，終入於下流之目。今有人焉，嗜欲滿其中，囚垢飾其外，鶩虛聲以嚇腐鼠，剿雜覽以驅群羊，無一藝之可名，無一事之求是，而夜郎自大，鳳凰不如，深妒道真，惡聞勝己。豈知轉瞬之間，冰消日出，狐貉噉盡，草木同歸，豈不悲哉？今日客坐間偶有所感，聊復論之。（光緒三年丁丑四月初八日日記）

按此一段通論小人之尤，似為張南皮而發，附記之。又按是年三月二十七日記云：「張香濤屬劉氏孤邀江浙數人飲龍源樓，為賻鐫山師歸葬費。此事余已與同榜諸君有成言矣，不必聽人指麾也。不往。」又四月十四日記云：「張香濤來，不晤。」據此則越縵是年春間不嫌於南皮，此二事可證。然則此泛論小人之尤者，必為南皮無疑也。

賽金花（附洪鈞墓誌銘）

賽金花即曹夢蘭，或云傅彩雲，樊樊山為賦〈彩雲曲〉者也。妍麗為光宣朝冠，余於宣統間過析津曾見之，丰容盛鬋，不減疇曩。頃見林暾谷與李拔可手札有云：「曹君小照前留在尊處，想必收好，千萬記著帶出來。至要，至托。此人已成廣陵散矣！」詩集有一首亦及之，不謂傾城乃見眷眷於名士者若此。又有吉同鈞者，著《樂素堂詩存》，中有〈癸卯年獄中觀妓賽金花感賦〉一首並序。蓋時以刑部主事，署提牢職，見之獄中也。其序謂：「侍郎沒後，不甘寂寞，復落勾闌理舊業矣。初居滬，旋攜姊妹花入京，遂隸樂籍為諸錄事長。五陵豪貴，咸以先睹為快。庚子之變，聯軍入都。德督瓦某，僭居西苑。金花以能操德語，前往迎迓，瓦見而狎焉。瓦好殺，居民苦之，金花為緩頰，多獲宥者。由是名傾一時，知與不知，皆仰慕之。洋人至影其像以相誇異，其動人欣羡如此。今夏以斃小鬟逮入獄，人皆指為淫報。而憐香惜玉者流，又復群相惋惜，替花請命。嗟嗟！人各有心。憎花者固為方頭矩步之儔，而憐花者亦不盡倚翠偎紅之輩，其用情固無可厚非也。余久耳其名，觀其像，未獲睹其容。今聞定讞擬遞籍，行有日矣。竊謂薛濤、蘇小，好事者想像其美，至於連篇累牘，相與歌詠於數百年後。今絕世名媛，近在咫尺，而不一睹芳容，詎非憾事？適代署提牢，入獄察諸囚，次及花，果然麗出肌表。雖徐娘已老，猶嬌嬈如處子，洵天生尤物哉！見余，遙屈一膝，似有乞憐意。夫猛虎在山，百獸震恐，一入陷阱之中，搖尾而求食。賽金花當得意時，非達官貴人不得一接芳澤；及幽身圜扉，雖以余之卑老，猶若俯首貼耳，望其援救，豈不重可惜哉？」詩云：「京都多名妓，豔說賽金花。車馬門如市，賓客列座嘉。爭求一識面，聲價高雲霞。腰乏十萬貫，徒抱盧願賒。一朝入囹圄，陰院黑雲遮。妖星臨貫索，淚雨濕荷枷。乞憐犬搖尾，束縛兔罹罝。我署提牢職，放飯趁晚衙。雞鶩群爭食，一鶴靜不嘩。見我曲一膝，請安禮有加。塗澤去脂粉，豔如碧桃葩。小蠻腰支細，楊柳新吐芽。花甲年逾半，猶如初破瓜。含情羞掩面，猶似抱琵琶。諦視未了了，忽被禁卒拏。須臾雙扉闔，深鎖不可撾。歸來思不寐，深夜趺坐跏。」

此詩及序，俱無足觀。然賽金花以一妓女，既為洪文卿所惑，而外邦如瓦德西以及中外名流為所震盪者，實繁有徒。余過津門，以某君介，曾一至其妝閣。時年已三十八，而妍麗猶如廿許人。余因憶噉谷「顏色能驕西海花」之句，問：「識林噉谷否？」賽曰：「光緒丙中間，曾見林君於滬上，（時賽方廿五六左右。）不三年，而林君死矣。」及民國初元，賽嘗往津滬及舊京，年已五十有幾，望之猶卅許，可謂尤物。最後聞其再嫁吾鄉魏斯炅。魏嘗語人曰：「吾以古法物視之，不猶愈於贋鼎耶？」魏氏不久亦卒。賽不知所終。（千帆謹案：劉半農、商鴻逵撰《賽全花本事》，亦述其暮年生活，師殆未見此書也。）

林暾谷〈晚翠軒集〉有二詩皆為賽作，極可誦，再迻錄於此。

〈和友人韻〉

錦車使者歸來晚，霧閣雲窗又起家。
楚岫夢回洶美矣，漢宮望久詎非耶？
君王自失河南地，顏色能驕西海花。
生不逢時尚傾國，也將續命托琵琶。

〈與石遺大興里飲罷過宿，有歎〉

往日矜誇一任謾，遠來共醉事殊難。
高樓罷酒天初雨，短榻挑鐙夜向闌。
流落傾城同一歎，忖量終歲得交歡。
此懷恐逐晨鐘盡，留遺迴腸報答看。

洪鈞以賽金花而為人所知。然洪氏使俄時，曾得回紇文元代舊史及中俄界圖，嘗據以撰《元史譯文證補》，為光緒間研究元史者所推。其人亦非僅以掇巍科工館書顯者。世傳其鄉人臺灣道顧肇熙所撰〈洪文卿墓誌銘〉，可補《清史稿》本傳之未備，迻錄之：

〈吳縣洪文卿侍郎墓誌銘並序〉顧肇熙撰

國家自道光二十二年始允泰西通商之請，閱二十年乃置總理各國事務衙門，以王大臣領之。又十年，而後遣使聘問諸國，慎簡賢能，須給欽差出使大臣關防，三年一任，蓋遞重其事矣。同縣洪公以閣學奉命出使俄、德、奧、比四國，就遷兵部侍郎。任滿歸，奏對稱旨，充總理各國事務衙門大臣。光緒十九年八月二十三日疾終京邸。遺書上，天子軫悼，有「才猷練達，學問優長，盡心職守，辦理妥協」之褒諭。賜祭葬，賞延後嗣，飾終之典，視各例有加。孤子洛既奉公之厝歸里，乃郵狀抵余臺灣，言將以明年九月某日，葬公於縣之西鄉十一都十一圖墩字圩贈光祿公塋次，請為之銘。憶同治紀元，同應京兆試，訂交鄉館。雖在貧約，顧嘗慨然有當世之志。洎同鄉舉忽忽三十餘年，而公已千古。余雖不文，又奚以辭。

按狀，公諱鈞，字陶士，號文卿。先世自徽州歙縣遷吳。曾祖諱士樹，候選運同，妣王、李；祖諱啟立，國學生，妣巴；考諱烜，候選從九品，妣潘。三世皆以公貴，誥贈光祿大夫，妣皆一品夫人。公年十八，入吳縣學。同治三年，舉於鄉；七年，成一甲一名進士，授修撰，恭修毅廟實錄。告成，賞戴花翎，加四品銜，擢侍講、侍讀、左右春坊庶子、侍講學士、侍讀學士、詹事府詹事，凡八遷至內閣學士兼禮部侍郎銜，時光緒九年也。以母病疏請開缺歸。明年，丁太夫人憂服除，以原官充出使大臣，轉兵部左侍郎。一為順天鄉試同考官，視湖北、江西學各一，典陝西、山東試各一。歷充日講起居注官、文淵閣校理、國史館協修、功臣館纂修、實錄館纂修、總纂、提調，本衙門撰文。及為卿貳，殿廷試閱卷，武試較射、覆核朝審、承修壇廟陵寢工程以十數。

公性孝友，幼穎異。家適中落，父兄欲令習賈，涕泣跪請卒業。及通籍，贈公已即世，未逮祿養，哀慕終身。太夫人素剛嚴，意不愜，輒厲聲譙呵，不少貸。公則竦息惕伏，怒解乃已。嚴事兄嫂如父母。歙縣修宗祠需萬緡，議按丁出錢盈其數，公立輸半資以恤貧族。自廷試第一，未散館，即視學湖北，感激知遇，銳志報國。屢司文柄，簡閱精審，惟恐失人。光緒五年，主山東試，人文為各省冠。六年，視學江西，廉知搶替、重名諸弊，嚴行覆試，終日堂皇，徼幸遂絕。定經訓書院規制，與諸生講經濟之學，多所成就。俗有溺女風，檄各學官與諸生收恤之，手書聯額獎其勤，活嬰無算。去任日，諸生於書院尸祝焉。九年，河決山東，朝廷命侍郎游百川馳往籌度，議開徒駭、馬頰二河。公奏其未諳河務，且陳河當因時制宜，黃河宜合不宜分，止可寬展重堤，不可別謀分泄。若開引河通二渠，此數百里土性鬆浮，一旦潰堤北趍，將為畿輔患。並條上治河事宜。臬司潘駿文熟悉河務，新獲譴，無敢舉者，力言其可用。疏入，旋命游百川回京，起用潘駿文。河患漸紓，實自公發之。

會法越有事，條陳海防事宜，復蒙採納。於是上結主知，駸向用矣。出使外洋，廉正自持，守約不撓，洋人感服。凡有裨軍國者，密疏以陳。中外交涉繁要，多以電通信。外國用三馬電，中國用四馬電，費倍蓰。公創以干支代一十百千字，亦成三馬電，歲剩省經費巨萬。其精敏類如此。既入總理衙門，力持大體，勇於任事。沿江教案起，西人獲謗書，牽涉湖南道員某，欲得甘心，當路亦思重懲以儆效尤。公持不可，謂：「徇人意，如國體何？」其人卒得保全。邊界甌脫，間有違言，公以單離錯互，非口舌所能爭，不欲為國家生事。天子知公深，時賜獨對。造膝敷陳，外不能喻於人。人徒見公之踔厲名場，不可一世，而不知其旁魄鬱積，耿耿於中，非旦夕矣。向者使還，道經紅海，感受暑濕，病伏甚深，一旦觸發，遂以不起。

公治事聰強，無所瞻避，與疆吏論公事，下筆輒千餘言。兵部復推公主持，不於私宅判牘。每入署，吏抱牘進，恒逾尺，或竟日不得休。在告疾少間，猶一日書二十餘函，不遑自恤。故聞公之薨，自同官自王以次臨弔，無不哭失聲。悲夫！公生於道光十九年十二月初八日，年五十有五。配何夫人。子一，洛，縣學廩生，復由蔭生通判改工部郎中。公薨，奉恩旨，服闋後，以本部郎中，遇缺即補。女一，庶出。於俄羅斯見元代舊史，本回紇文，凡更數譯，審為元代藩屬舊史，詳於西北用兵。公得之喜，謂足補《元史》疏漏。於是遍考元人官私書，及關係《元史》諸記載，手自纂輯成《元史拾遺》若干卷。搜異域之佚聞，訂中國之惇史，古未嘗有也。

銘曰：昔班固氏傳西域，慨歎漢使益得職。惟公三年歷四國，平遷一官依品秩。明修《元史》病荒率，史官自貢憚考核。鄂羅斯文本回紇，紀翔漢事頗詳實。公既覯止等珠璧，私幸謀於野則獲。爰召舌人通累譯，手自濡染奮大筆。俾闕者完疏者密，千秋袞非一狐腋。彼褚先生何足述？武庫乃有《左傳》癖。旁行斜上成都帙，宜進史宬藏石室。千秋不朽視方策，吾銘匪私秘真宅。（按「千秋袞非一狐腋」句，秋為金字筆誤，上石後乃知之，附記。）

《清史稿》列傳二百三十三卷有〈洪鈞傳〉，再錄之：

洪鈞，字文卿，江蘇吳縣人。同治七年一甲一名進士，授修撰。出督湖北學政，歷典陝西、山東鄉試。遷侍讀，視學江西。光緒七年，歷遷內閣學士。母老乞終養，嗣丁憂，服闋，起故官。出使俄、德、奧、比四國大臣，晉兵部左侍郎。初，喀什噶爾續勘西邊界約，中國圖學未精，乏善本。鈞蒞俄，以俄人所訂《中俄界圖》紅線均與界約符，私慮英先發，乃譯成漢字，備不虞。十六年，使成，攜之歸。命直總理各國事務衙門。

值帕米爾爭界事起，大理寺少卿延茂謂鈞所譯地圖畫蘇滿諸卡置界外，致邊事日棘，乃痛劾其貽誤狀，事下總署察覆。總署同列諸臣以鈞所譯圖，本以備考核，非以為佐證，且非專為中俄交涉而設，安得歸咎於此圖？事白，而言者猶未息。右庶子准良建議，帕地圖說紛紜，宜求精確。於是鈞等具疏論列，謂：「《內府輿圖》、《一統志圖》記載漏略。總署歷辦此案，證以李鴻章譯寄英圖，與許景澄《集成英、俄、德、法全圖》，無大紕繆。而核諸准良所奏，則歧異甚多。《欽定西域圖志》敘霍爾幹諸地，則總結之曰屬喀什噶爾；敘喇楚勒、葉什勒庫勒諸地，則總結之曰屬喀什噶爾西境外，文義明顯。原奏乃謂：『其曰境外者，大小和卓木舊境外也。曰屬者，屬今喀什噶爾，為國家自闢之壤地也。』語近穿鑿。喀地正北、東北毘俄七河，正西倚俄費爾幹，其西南錯居者帕也。後藏極西曰阿里，西北循雪山逕挪格爾、坎巨提，訖印度喀什米爾，無待北涉帕地。設俄欲躡喀，英欲逼阿里，不患無路。原奏乃謂：『二國侵奪拔達克山、安集延而終莫得通。』斯於邊情不亦闇乎！中俄分界，起科布多、塔爾巴哈台、伊犁，訖喀西南烏仔別裡山口止，並自東北以達西南。原奏乃謂：『當日勘界，自俄屬薩馬幹而東，實以烏仔別里西口為界。今斷以東口，大乖情勢。』案各城約無薩馬幹地名，惟浩罕、安集延極西有薩瑪律幹，《明史》作撒馬兒罕，久隸俄，與我疆無涉。當日勘界，並非自西而東，亦無東西二口之說，不知原奏何以傳訛若此。謹繪許景澄所寄地圖以進。」並陳扼守蔥嶺及爭蘇滿有礙約章狀。

無是坎巨提之役，彼此爭甚其間，我是以有退兵撤卡之舉，英乘隙而使阿富汗據蘇滿。至是，俄西隊出與阿戰，東隊且駸駸逼邊境。總署復具〈籌辦西南邊外本末〉以上。鈞附言：「自譯《中俄界圖》，知烏仔別里以南，東西橫亙，皆是帕地。《喀約》所謂中國界線，應介乎其間。今日俄人爭帕，早種因喀城定約之年。劉錦棠添設蘇卡，意在拓邊。無如《喀約》具在，成事難說。唯依界圖南北經度斜線，自烏仔別里徑南，尚可得帕地少半，尋按故址，已稍廓張。俄阿交哄，揣阿必潰。俟俄退兵，可與議界，當更與疆臣合力經營，爭得一分即獲一分之益。」上皆嘉納。十九年，卒，予優恤。鈞嗜學，通經史，嘗撰《元史釋文證補》，取材域外，時論稱之。

袁爽秋

袁爽秋太常以抗言罹難。其未遇時，方應省試，祈夢于忠肅祠。夢有冠服長髯者，所言皆天下事。袁急叩科名，于公曰：「爾異日即我，何患不達？」且教以更名重黎。嗣復叩未來大局，曰：「重黎之後，大局休矣。」太常恥更名，遂以重黎為字。洎官京師，或薦其出使俄羅斯。怵於前夢，堅辭之。不意居朝列亦以危言死。是事，張潛若同年言之。太常巡皖南時，潛若僑居蕪湖，以試書院見賞，得執贄門下，蓋親聞於太常者。（郭則澐《寒碧簃瑣談》）

王乃徵

余於清末，在開封見曾剛父有〈送王聘三之官撫州〉詩云：「遠下鸞皇閉九閽，更無鷹隼擊秋原。匡床諫筆收殘篋，歸路荷花感聖恩。一郡江湖閒不握，五更朝鼓斷無聞。王民虛有橫流歎，又向新亭悵失群。」極喜誦之，以為李玉溪嗣音也。聘三官撫州時，政聲甚著。及宣統年間，官河南布政使，先公上書言吏治及蠲去州縣漏規積弊事，大為稱賞。因檄徹查南陽等處州縣漏規及預算事，歸而並日記表冊呈覆之，益大服。余以曾和其〈嵩嶽遊草〉數詩，為其所見，許為年少有才。趨謁數次，論文談藝，不及其他。晚近大官中不失書生結習者，惟聘三先生也。

國變後，僑申江，與朱古微、陳散原相倡和，而生事極苦。嘗一夕寓廬被竊，衣履盡去，幾至不能下床。時冬寒甚厲，無以為生。鄭夜起、余堯衢各贈以內外羊裘，陳庸庵饋金，而其他友好亦各有饋贈。今集中有〈胠篋篇〉一詩，即指此也。聘三有二子，長者早逝。次子阿鏇，年十八，頗文秀，極愛憐之，亦遘疾卒於滬。妾陶氏生一女，亦不育。未幾，陶亦死。聘三親送兩櫬至宜昌，葬於其前夫人墓側，蓋義地也。臨去有詩云：「將離繞匝三號去，尺土庇棺叢塚連。亂世異鄉為此計，野煙荒草盡堪憐。有身奚塞無窮責，靦爾仍餘未了緣。待有老夫埋骨地，他時偎傍築雙阡。」誦其詩者，為之酸鼻。（聞其詩尚未有刻本，余曾抄其一卷，庋藏之。）

聘三，又字病山，名乃徵。晚年僑滬上，易名潛，又號潛道人，四川中江人。光緒庚寅進士。庚子後在御史臺，遇事敢言，頗負清望。光緒□□年，外簡江西撫州府知府。下車問民疾苦，修水利，懲滑吏，政聲流聞。未及五年，即由湖南嶽常澧道，擢湖北布政使。時瑞澂督鄂，對僚屬頗傲慢，乃徵亦不示弱，兩人積不相能。會瑞澂將述職入都，時鄂撫既裁，藩司例當護篆。瑞澂不欲為一時之前後任，一日召王至署，曰：「兄弟近將進京，督署日行公事，煩老兄代拆代行。」乃徵曰：「藩司政務殷繁，益之以督署公事，一人之精神，勢難兼顧。請大帥別委人署藩司何如？」無結果而散。瑞澂遂具摺請覲，奉旨著來見。同日，奉上諭，湖廣總督，著王乃徵暫行護理。蓋攝政王載灃頗重乃徵，或傳有師生之誼，故有此命，非出瑞澂之請也。

朝命既下，瑞澂無如之何。乃徵上院，瑞澂即向之道喜，曰：「老兄聖眷優隆，開府先聲，兄弟當代擇一吉期，以便履新。」意欲啟行後，始使乃徵接任。乃徵曰：「司里歷官數省，蒞任向不擇日。」下院時，即對巡捕言：吾奉旨護院，定於某日接印。瑞澂大恚，至京後，力言乃徵難與共事。政府知二人之相迕也，遂將乃徵調河南布政使。到河南，又與巡撫寶棻不相能。南陽縣知縣潘某，因案為言官糾參，寄諭河南巡撫查覆，循例行司。乃徵查明後，一面詳院，一面掛牌將潘某撤任，隨即上院面陳此事。寶棻云：「適樞府某巨公方有函托，老兄何以不稍回護？」乃徵對曰：「大帥行司之公牘，但飭查覆，其他非所敢知。」寶棻雖不悅，亦無如之何也。

會因爭預算案，與財政監理官唐瑞銅齟齬。寶棻乃慫恿瑞銅，向度支部以破壞預算訐乃徵。時載澤為度支部尚書，有瑞澂先入之言，即欲具摺奏參。右侍郎陳邦瑞極力反對，云：「王乃徵如果破壞預算，河南巡撫何不奏參？即財政監理官亦無正式公文到部，僅憑私函，遽以入奏，本部向無此辦法。且近時藩司之負時望者，甘肅藩司毛慶藩及王乃徵等數人耳。本部方將毛慶藩奏參革職，外間已人言嘖嘖，若再參一王乃徵，恐益滋物議。」事雖止，而乃徵亦不安於豫。未幾，調任貴州。

旋值國變，僑居上海，易名潛，以鬻醫自食。康南海家有患疾者，恒召王醫治之。初頗有名，後亦仍貧困，不能自存。余肇康、陳夔龍每佽助之。曾有〈致于侍郎借時辰錶啟〉

云：「夜來司命見命，以昔嘗戲我俾登膴仕，終作窶人，今謀償我。凡我所臨病家。為遣神巫先驅，祓除不祥。任我以平庸淺陋之術，治人困篤垂危之疾，信手拈藥，無不立奏奇功，沈疴若失。積數月所得酬金，當能自置一錶，即以原物還公」云云。其〈鬻醫篇〉末云：「宣統乙卯春，門首懸一壺。夜來感異夢，起告東海于」者，即指此。然恢詭可見其胸次矣。

病山有〈落葉〉四首，詠庚子事也。其詩云：「秋撼三山奈別何，流光激箭下庭柯。金仙掌畔荒荒影，玉女池邊瑟瑟波。此日韶華隨水逝，舊時庭院得春多。嬌姿一種芳菲色，不信冰霜意有頗。」（其一）「亭亭珠樹植名園，黃蝶西風又幾番。濃翠自迎朝地彩，清鐘忽墮曉霜痕。一庭衰草爭憐影，百尺寒枝不庇根。吹到師涓商調急，玉階淒怨向誰論。」（其二）「自拂驚塵判玉條，雪埋冰沍幾經朝。歌翻〈獨漉〉傷泥濁，曲寫〈哀蟬〉感翠凋。銅輦再過秋似夢，碧溝一曲怨難消。白楊路斷鵑聲急，誰向荒郊慰寂寥？」（其三）「依舊空庭碧蘚滋，淒清日色冷燕支。輕來金谷飄煙地，又到銀瓶合凍時。南雁叫群千里斷，夜烏啼夢一秋悲。長空願止迴風舞，為惜飄零最後枝。」（其四）狄平子云：「此詩婉而摯，沈而佻，哀音激楚，有類變《雅》。」余謂清末京朝，頗多哀楚綿邈之音，皆從玉溪、冬郎而出。如李亦元、曾蟄庵、丁叔雅皆工此體。病山則不時作。此亦因珍妃之死，感而為此。事既哀怨，題亦淒惋，遂不覺偶入此派耳。實則病山其他諸詩，皆骨力堅蒼，而遊山之什尤工，亦不全似此種也。

陳銳《抱碧齋詩詞話》云：「吾常為王荓衫方伯昔年備兵地，亂後來僑，與余書醞相勞苦，倡和有詩。朱古微次韻寄之曰：『極天兵火況修途，誰謂荓蓬匪定居。用意故須憂患外，告哀猶是亂離初。新知濡吻宜尊酒，舊頌流傳尚井廬。日夕雙江急東下，莫因人事捐音書。』此與前贈李梅龕作皆為傑特。（朱祖謀〈寄李梅庵〉詩云：『骨折心摧淚亦乾，世人只作等閒看。猶聞下筆風雷起，便與臨觴醉酒難。著想何人到青史，收身百計遜黃冠。尋仙採藥誠非妄，期汝行吟創大還。』）荓衫原作云：『還軫兵戈九折途，寄巢風雨一廛居。妻孥尚在真成累，故舊相逢解念初。不死與誰消暮日，餘生何處是吾廬？余宗未返跫音絕，（謂王夢湘。）破涕緣君尺素書。』余次韻云：『相忘龜尾在泥途，猶勝當年葆　居。形質雖存非復我，江山信美不如初。新愁突兀逃亡屋，舊夢依稀諫草廬。未可全無消遣法，籬根補讀槖駝書。』」

夏敬觀《忍古樓詩話》云：「中江王病山方伯向有《遊徑山天目詩》一卷，已印行。余架上本有之，不知為何人持去，遂不見歸。其遊天目，先識一徑山老諸生，遂往徑山，主其家十數日，笠屐登陟殆遍，後步行遊天目。余凡遊天目三次，未嘗一涉徑山。蓋其時徑山寺已為盜賊所焚燬，遊者相戒未往。東坡遊跡，惟到徑山。揣當北宋時登徑山易，登天目難耳。病山嘗謂余曰：『徑山者，一縮小之天目也。然竹木殊盛，雖小而幽曲。』又曰：『凡遊山皆須有躋勝之具，且不擇居止飲食。』此語誠然。今臨安道中，知遊天目者多矣；至於徑山，人以為小而忽之，則不免交臂相失。病山又有〈遊鄧尉〉詩，其寫景極避平易，亦不填塞，是為上乘。」其〈石壁精舍〉（其一）、〈司徒廟觀宋柏〉（其二）、〈韓蘄工墓〉（其三）、〈遊鄧尉第三日，偕甘卿、覺先、愔仲登靈巖，愔仲題名寺壁。是日仁先導散原遊天平，濤園、詒重同謁韓墓，先返〉（其四）皆佳，因已迻錄，此不重出。（按乃徵在撫州知府任三年，不名一錢。及宣統即位，載灃監國，立擢為嶽常澧道，未幾晉江西按察使。未之官，授順天府府尹。甫蒞任，外簡河南布政使，移湖北。適陳夔龍督鄂，移北洋，繼督瑞澂當在蘇撫任，明令以乃徵護理湖廣督。此與前一段微有不同，俟考。）

又云：「中江王聘三方伯乃徵，晚更名潛，字病山，曾官吾省知府。予於三十年前，識之於朱古微侍郎座上。其詩沉著無凡響。沒後，詩卷尚無刊本。〈聞西湖雷峰塔圮，感賦〉云：『九百年前保土雄，中閨檀施矗穹窿。寰區婦孺呼名久，幻作飛埃夕照中。』（其一）『破空危影倒波明，裝點湖山古性情。十載南冠攜酒至，一彈指頃斷鷗盟。』（其二）『成住壞空參佛諦，盛衰興替總天心。曾無珠網前埋地，那得金鈴再叩音。』（其三）『白馬虛鳴龍護休，水光山色黯生愁。為詢結伴巢居子，殘日荒岡可久留？』（其四）『亂後湖壖氣象更，輸金卜築使人驚。神州餘此埋憂地。哭震晴天霹靂聲。』（其五）『浪傳蛇孽不知年，九百虞初古未刪。莫怪村氓滋讕語，眼中斯世豈人間？』（其六）『萬千殘甓敵牟尼，一簸中函貝葉齊。倘幸六丁無力取，佛心今與散浮提。』（其七）『雨態晴容親咫尺，定香橋畔故人扉。而今應是昏鴉點，猶繞峰頭散亂飛。』（其八）詩中所云巢居結伴，指陳仁先、胡晴初也。陳胡交最密，近忽有隙。世言蕭朱結綬，王貢彈冠，交道難矣。晴初為病山所得士，品節極高。病山辛亥後，閉門不出，攻苦食淡，為遺老中最能忍貧者。其〈七十初度〉詩云：『亂世獲苟全，處約亦何病？吾生顛沛境，古人或又甚。乾坤瘡痍里，養此星星鬢。猶能勞筋骨，未覺厭蔬緼。所嗟蹇鈍質，時邁學無進。於道未有聞，往哲何寥　？百六數已極，妖沴勢益橫。驗之平陂理，終俟天人應。漆園喻深根，子輿談忍性。於中必有事，云何得其證。』於此詩，可見其處境之窮也。」

樊增祥

樊山於光宣間負才名，詩筆側豔，而尤工判牘。顧其為人頗有可議者。樊山夙為李蒓客所奬拔，且奉李為師。兩人沆瀣，可於已印行之《越縵堂日記》知之。顧蒓客晚年，亦頗致憾於樊。蒓客捐館時，樊山於其邸舍取去日記數冊，皆蒓客最後數年之筆，其後人故舊屢索不還。樊氏卒後，知交為理後事時，遍覓卒不可得。或云病篤之時，已取而納諸火矣。此一事也。又，易實甫為樊山文字骨肉之交，晚年喜為調侃，曾舉其流傳故事及詩文中俊語為諧文，固世人所同知也。實甫晚年曾取平生所為詩，精選數百篇，將鏤板行世。繕寫既定，送樊山覆閱，樊山亦久庋不還。屢索屢拒，其後此本是否歸諸實甫，後人不可知矣。此又一事也。李審言（詳）駢文為江左作手。樊山為江寧藩司時，李以繆藝風介，謁見。先期，由繆呈李所為文一卷，樊亦留之不肯交出。及索回，則云：「已雜置官文書中，不得。」此又一事也。此皆為樊山居心叵測，為士林不理於口者，亦不知是何居心也。李審言有〈書樊雲門方伯事〉，即記其與樊山關係，文中極致不滿之意。茲特錄之於此，以備一說。

李詳〈書樊雲門方伯事〉云：

樊雲門方伯官寧藩，甫視事，繆藝風先生勸余謁之。曰：「子老且病，須賴人吹噓。盍以駢文稿示我，當為先容。」後月餘，余往謁之。問：「鄉試幾次？」對：「九次。」曰：「沉屈矣。」又問：「受知係何學使？」余曰：「入學為瑞安黃侍郎，補廩為長沙王祭酒。」曰：「俱是名師。」又云：「前見大作駢文，甚古。譚世兄尚在我署內。」蓋見余駢文，前有譚復堂先生序也。又曰：「江北有顧清谷先生善駢文，見過否？」余曰：「〈方宦酬世文〉見過。」又曰：「顧耳山先生是兄弟薦於鹿芝軒中丞者。」余起謝云：「顧為姻親，渠奉母留陝不得歸。當時只知陝西主考、泰州同鄉黃君葆年所薦，不知為方伯也。」又曰：「此時不尚風雅，但知阿、比、西、提字母耳。」余因進曰：「江寧藩司自許仙屏先生升任去，尚未有講求文字者，方伯可以提倡提倡。」樊唯唯。余出告友人王君宗炎。曰：「子稱謂太抗，當稱大人。」余笑曰：「渠大人，我小人耶？」後友告樊方伯好收門生，不見某君齒遜樊二年，新經拜門，委辦南洋官報局，歲可得數千元。余曰：「繆藝風先生可謂知己，余尚未執贄門下，何況樊山？」某君既辦官報，果獲數千元存儲實善源，折閱泰半。余告友人：「若如君言，得錢亦不可保。門生名湔洗不去矣。」余見樊後，樊有詩寄藝風。末句：「可有康成膩恰無」，蓋用《世說輕・詆篇》「著膩顏恰、逐康成車後」戲藝風，即以戲余，遂薄之不往。而索回文稿甚亟，樊棄之，不可得；藝風一再函問，不覆。藝風覆余書曰：「前日方伯談次尋大作未獲，雜入文書中矣。昨又函催，亦未覆也。」余復作書求之，亦未答。因知樊忌前害勝，善效王恭帖箋故事，且復仿吾家昌谷中表投溷之舉，益歎息為有夙憾。改革後，樊遁上海，余復館滬。徐積余觀察謁樊，出問何往？云：「將候李審言。」樊似有眷眷之意。徐勸余往見，余不可。藝風又告：「雲門知君在此，曰：『李是行家。』稱之者再。君可趨樊一談。」余又不可。後沈乙庵語余：「雲門約我及散原打詩鐘，君可同往。」余以事辭。樊名滿天下，後生小子，唯樊為趨向。友人官京師，抄示樊山近詩，有「新知喜得潘蘭史，舊學當推李審言」語，以是為重。數年後，上海有《當代名人小傳》出，其〈文人〉一門有李審言、潘飛聲同傳云：往樊某有詩。潘蘭史、李審言上各空方□四字，即京師友人抄示二語也。下云：二人因得名。余之得名，非由樊始，海內先達可以共證，然亦見世上擁樊者多。若余以一窮秀才，樊由庶常起士官至藩司，一言之譽足為定評。豈知余數不嗛於樊耶？樊今年八十有五，余今年七十有二，各有以自立，亦各不相妨。恐讀《當代名人小傳》者，不知余與樊山本末，故備書之。亦以見江寧藩司自許仙屏先生去後，馴至亡國，無一人可繼也。庚午四月。

張百熙

長沙張冶秋（百熙）管學務時，局度恢張，喜宏獎，廣延納，極為士論所崇。而以同官榮慶與之意見不合，不克大行其志。後改設學部，榮慶為尚書，百熙遂解學權，蓋抑抑不歡也。光緒丙午六十生日，陳黻宸所撰壽序有云：「抑我尤謂公為朝廷柱石，出入鞅掌，昕夕急當世之務。其位可謂至貴，其事可謂至繁，其身可謂至勞，而推賢進士，順於接物。一介之士，或修刺入門，至者無虛日。雖衣褐衣，穿敝履，公習見不厭惡。門者或阻之，公每立命入見，溫溫與笑語，如故舊家人，相對每竟夕無倦容。甚有抵掌高談，拍案大言，評騭古今，縱論時事。揚人之善，則驟然立，忽然舞；疾人之惡，則戟而指，怒而呵，睥睨譏切，無所顧忌。彼亦見公推心置腹，直自忘其在大官貴人之側者。哂之者則曰：此狂生也。詆之者曰：此不羈之士。憐之者曰：身居卑賤，更事未深，故語言無檢束。而公獨優容之，禮遇逾眾人。當夫虛懷接下，吐納包涵，百川走渠，大風吹壑，如奔如馳，有容乃大，非古大臣，其孰能與於斯？」云云，頗能道出百熙殷勤接士之態。

郭立山序謂：「京師首善之地，大學堂規制粗備，實始今戶部尚書長沙張公。公於學之諸生，脫略權勢，勤勤接近之。人或有非哂者，公不之顧，以謂此性之所樂。孟子所謂教育天下英才者是也。而學生亦獨喜親公。夫豈有為而然哉？」又謂：「立山嘗聞公言：『管學之初，甚欲網羅天下名宿，研明教育諸法，造就非常之才，以應世變。而事會之來，有不盡如初願者。至今數年之間，不獨人才難得易失，俯仰生慼，即手自拔識之諸生，所望以報國者，亦未及卒業而觀其成就何如。世之毀譽原不必計，而事體重大，其敢謂非我莫屬，而天下不復有人耶？』嗚呼！公之去學務，而流俗深以為惜。孰知公之心，固以天下為量，而時欿然不自足者乎」云云。蓋能道出其抑鬱之懷。

翌年，百熙卒。冒廣生輓聯云：「愛好似王阮亭，微聞遺疏陳情，動天上九重顏色；憐才若龔芝麓，為數攬衣雪涕，有階前八百孤寒。」頗為人傳誦。湘潭趙芷蓀（啟霖）聯云：「宏奬見公之大，泛愛或偶見公之疏，脫去町畔歸磊落；熱心為世所欽，歉忱當亦為世所諒，艱難時事有欷歔。」則有微詞焉。陳觀宸壽序，上所引者之下，為「或曰公容人多矣，而人之容於公者，或湮沒不能見長短。其能出而為公用，相與撐危局，任艱鉅者，未之見也。公不負天下士，天下士實負公。」下文雖有「雖然」一轉，為解釋之語，亦似微有不滿處，可與趙聯合看。百熙為郵傳部尚書，與侍郎唐紹儀因用人事相爭，致傳旨申飭。以賄不入，為閹人醜詈，遂憤恚發病不起。紹儀輓聯云：「好我同車，太息藺廉成往事；斷金攻錯，誰知韓范本交親。」措詞頗善於斡旋。郭立山聯云：「是大臣中最有熱腸之人，轉恨追隨稀闊；其遺疏內所尤疚心諸語，堪令朝野傷悲。」蓋百熙遺疏有云：「所最疚心者，先後充管學大臣、學務大臣，圖興教育，成效未臻，調任郵傳部，創始失宜，上煩宸廑，自省愆咎，夙夜旁皇」云云。實其隱痛所在也。

吳圭盦

余有論吳圭盦（觀禮）二絕句云：「西征幕府滯高才，鄰女王孫意自哀。萬里衡雲梗胸臆，婿鄉南望首頻回。」又：「太息圭盦不假年，故人投老見詩篇。宣南秋夜蟲聲急，一老燈前說往賢。」章行嚴（士釗）亦和作云：「嘻嘻嗃嗃語尋常，才士從戎萬里長。楚越一家父子俊，化龍池畔黯神傷。（自注：圭盦為何貞老女夫，寒家與何有連，得見圭盦緘札甚夥。化龍池，長沙南城何府。）翩聯三士壯同光，一蹶雞籠羽翼傷。漫道玉關春不度，柳圍親折卻堂堂。（自注：三士者，張簣齋、陳弢庵與圭盦也。雞籠之役，簣齋一蹶不振。圭盦佐左文襄平定新疆，功隱不彰，士論均惜之。『漫道玉關春不度』用圭盦〈送吳柳堂歸皋蘭〉句。楊石泉贈文襄詩云：『親栽楊柳八千里，引得春風出玉關。』」）仁和吳子儁與張簣齋皆同治辛未進士，同官翰林，陳弢庵則先一科。三人至相得，而弢庵與圭盦皆於左文襄有知己之感。圭盦本為何紹基女夫，故弢庵有詩云：「坐上何郎舊飲仙，別來牢落亦華顛。人生畏友誰能少，太息圭盦不假年。」自注：「圭盦為簣齋至契，詩孫姑丈也。」

圭盦既官編修，然早年曾隨左文襄戎幕，後又隨文襄平定新疆，隨事獻替，有功至巨。其集中有〈鄰家女〉、〈天孫機〉二樂府，即自道其平生遭際，而致憾於依人作嫁也。余早年在南昌，胡先驌示我《圭盦詩錄》，為弢庵手寫上雕。略為審視，極服其詩格高渾。其撫時感事之篇，得杜陵法乳。惟用事極賅，非注莫明。及乙丑夏秋間在都門，侍座弢庵，即從容詢圭盦事。曰：「吳子儁與余及簣齋至契，居京師時，靡日不見。余視為畏友。惜頻年在外，僅於尺素中商略學術。偶及時事，其見解尤高。故文襄倚之如左右手。子儁詩稿甚多，而芟剔至嚴。死後，余從其夫人索得自定本，遂手錄一冊，即後此據以上木者也。今聞版已不存，印者亦稀矣。余詩『宣南一老』句，即指此。」

張幼樵

余嘗有題張幼樵（佩綸）〈澗于詩集〉云：「幾年關塞憶累臣，熱淚如潮憶苦辛。堪笑平生王霸學，卻從詩筆見輪囷。」又云：「相府憐才式好逑，王家作弼定伊周。誰知今日張張口，換取當年柳柳州。」簣齋一生以王霸之學自詡，光緒初元，與張之洞、陳寶琛、寶廷三人遇事敢言，有「四諫」之稱。或以鄧承修（一云黃體芳）益之，而稱為「五虎」者。甲申基隆一役，簣齋以三品銜會辦福建海疆事，一聞礮聲，乃倉皇遁走。論罪讁戍，然合肥相國憐其才，以為簣齋將來勳必出己上。戍所釋還，以女妻之，然一蹶不振，竟以詩人老矣。簣齋於管仲書致力最深，而詩尤工，與張廣雅尚書並稱為北派二巨子。其詩得力於玉溪、坡公，而剽健精悍之氣溢於字句，亦深至，亦蘊藉，確為光緒朝大手筆。其與廣雅略不同者，廣雅歘歷中外，勳業爛然，感喟雍容，語無激蕩；而簣齋則抑塞無俚，語多愁苦，憂時之言，迴腸盪氣。或謂其詩有過於廣雅者，則境地所處之不同，非工力有高下也。

弢庵閣學、廣雅尚書，皆與簣齋為死友。兩公詠吟，為簣齋而作者，無不工。如廣雅〈過張繩庵宅〉云：「廿年奇氣伏菰蘆，虎豹當關氣勢粗。知有衛公精爽在，可能示儆夢令狐。」弢庵〈七月二十五夜山中懷簣齋〉云：「東坡飲啖想平安，塞上秋風又戒寒。久別更添無限感，即歸豈復曩時歡？數聲去雁霜將降，一片荒雞月易殘。獨自聽鐘兼聽水，山樓醒眼夜漫漫。」又〈簣齋自塞上和前詩，疊韻再寄京師〉云：「觀棋聞又入長安，金玦三年信誓寒。雨夜夢回疑婦歎，（邊夫人於謫戍次年沒於京邸。）竹林酒熟憶朋歡。肯將龜筴從詹尹，倘愛鐘魚對懶殘。住慣煙波怕塵土，停雲直北奈迷漫。」又〈簣齋以小像見寄，感題卻寄〉云：「十載街西形影隨，五年南北尺書遲。夢中相見猶疑瘦，別後何時已有髭。機盡狎漚原自適，聲銷賣藥漸無知。江心憶拜張都像，熱淚如潮雨萬絲。」又〈滬上晤簣齋，三宿留別〉云：「相看短髮未全斑，十五年來一瞬間。可似東坡遇莘老，安排浮白對青山。」「小阮匆匆去入朝，（健庵約余相見，阻風逾期，至則行矣。）阿瑛話舊最魂銷。（緝庭）早知萬事皆前定，秋雨橫街說鬼宵。」「卻將談笑洗蒼涼，三夜分明夢一場。記取吳淞燈裡別，不須寒雨憶橫塘。」又〈入江哭簣齋〉云：「雨聲蓋海更連江，迸作辛酸淚滿腔。一酹全言從此絕，九幽孤憤孰能降？少須地下龍終合，孑立人間鳥不雙。徙倚虛樓最腸斷，年時期與倒春缸。」讀此數詩，令人增氣誼之重。

《清史稿・張佩綸傳》

張佩綸，字幼樵，直隸豐潤人。父印塘，官安徽按察，卒於軍。佩綸成同治十年進士，以編修大考擢侍講，充日講起居注官。時外侮亟，累疏陳經國大政，請敕新疆、東三省、臺灣嚴戒備，杜日、俄窺伺。晉、豫饑，畿輔旱，乃引祖宗成訓，請上下交儆，條四目以進：曰誠祈，曰集議，曰恤民，曰省刑。恭親王奕訢遭讒構，復請責王竭誠負重，上嘉納之。通政使黃體芳繼陳災狀，語稍激，絓吏議。佩綸力爭，被宥。尋丁憂。服竟，起故官。時琉球已亡，法圖越南亟。佩綸曰：「亡琉球則朝鮮可危，棄越南則緬甸必失。」因請建置南北海防，設水師四大鎮。又薦道員徐延旭、唐炯知兵，堪任邊事。並招致劉永福黑旗兵為己用。是時吳大澂、陳寶琛好論時政，與寶廷、鄧承修輩號清流黨。而佩綸尤以糾彈大臣著一時，如侍郎賀壽慈、尚書萬青藜、董恂，皆被劾去。

光緒八年，雲南報銷案起。王文韶以樞臣掌戶部，臺諫爭上其受賕狀。上方意任隆密，乃援乾隆朝梁詩正還家侍父事，請令引嫌乞養，不報；又兩疏劾之，遂罷文韶。而擢佩綸署左副都御史，晉侍講學士。明年，法越構釁，佩綸章十數上，朝廷始遣兵征土寇，綴敵勢。法人不便其所為，佯議和，而陰使人攻陷南定。佩綸請乘法兵未集，敕粵督遣水師護越都。而樞臣狃和局，慮佩綸梗議，令往陝西按事。已而法果襲順化，脅越與盟，越事益壞。使歸，命在總理各國事務衙門行走。

十年，法人聲內犯。佩綸謂越難未已，黑旗猶存，萬無分兵東來理，請毋罷戍啟戎心。上韙之。詔就李鴻章議，遂決戰，令以三品卿銜會辦福建海疆事。佩綸至船廠，環十一艘自衛。各管帶白非計，斥之。法艦集，戰書至，眾聞警，謁佩綸亟請備，仍叱出。比見法艦升火，始大怖，遣學生魏瀚往乞緩。未至而砲聲作，所部五營潰，其三營殲焉。佩綸遁鼓山麓，鄉人拒之。曰：「我會辦大臣也。」拒如初。翼日，逃至彭田鄉，猶飾詞入告，朝旨發帑犒之，命兼船政。嗣聞馬尾敗，止奪卿銜，下吏議。閩人憤甚，於是編修潘炳年、給事中萬培因等先後上其罪狀。時已坐薦唐炯、徐延旭褫職，至是再論戍。

居邊，釋還，鴻章再延入幕，以女妻之。甲午戰事起，御史端良劾其干預公事，命逐回籍。庚子議和，鴻章薦其諳交涉，詔以編修佐辦和約。既成，擢四品京堂，稱疾不出。三十四年，卒。（按《清史稿》本傳後，附：何如璋，字子峨，籍廣東大埔。同治七年進士，選庶起士，授編修。以侍讀出使日本。歸，授少詹事，出督船政。承鴻章旨，狃和議。敵至，猶嚴諭各艦毋妄動。及敗，藉口押銀出奔，所如勿納，不得已，往就佩綸彭田鄉。佩綸慮敵蹤跡及之，紿如璋出。士論謂閩事之壞，佩綸為罪魁，如璋次之。如璋亦遣戍。後卒於家。）

八指頭陀

寄禪又號八指頭陀，俗姓黃，後為天童寺住僧。頃見《寒碧簃瑣談》云：「法源寺住持道階，其先湘人也。嘗贈予《八指頭陀詩集》四卷，其詩淵雅，頗有唐音。郭詷白同年言：曩在湘，嘗見其人志行嶄然，以矢志皈佛燃去兩小指。故自稱八指頭陀。初失學，及皈禪，忽得靈悟。偶遊洞庭，得『洞庭波送一僧來』（原文作『歸』）之句。以語王湘綺，王湘綺詫為天才，因略授以詩學，自是遂嫻吟詠。然詩成必假手鈔胥，使自書之，則點畫訛舛百出。自云：『每苦吟不就，則趺坐沈冥。忽然得句，如出神助。』年七十餘，雲遊京師，（按寄禪於民元以中國佛學會代表入京請願，因維持全國寺產事。）怛化於法源寺。道階以鄉誼理其喪，且檢其遺集鋟行於世。（按寄禪死時，其全稿即為楊度取去。楊略為編次，鐫板行於世。）余鈂詩，頗謂妨禪；而八指之詩則通禪而有得者，雖出天機，終鄰客慧。所作〈白梅〉律句十二首，鉤深摘隱，別寓禪鋒，雖詩人不逮也，可以傳矣」云云。寄禪自書詩稿，余於王伯沆處屢見之，卻滿紙訛誤。其字雖別體百出，攲斜不整，卻於指上見真氣也，殊可怪詫。寄禪口吃，別有〈詠白梅詩〉一卷，陳散原悼敬安上人句云：「猶認期期詠白梅」，即指此。（詩見《散原精舍詩》續集上六十四頁。）

楊昀谷輓詩

昀谷死後，知交中多有輓詩。余憶陳石遺有〈九一篇哭楊昀谷〉云：「古今幾詩窮，萃子一身夥。子詩無苦語，此中理不那。十年居長安，靡遊不同輠。一官出無車，載之出塵堁。（出遊嘗坐余車。）一第食無肉，太瘦逢飯顆。一麾不出守，空把江頭柁。（君改官四川郡守，同人出餞，余作〈八況篇〉送之，而不果行。）一庵臥白頭，苦行證佛果。一種惓惓意，慰我邅坎坷。（余喪子，君數數來慰，輓以沈痛之詩。）一紙最後書，迢迢寄海左。一朝天蒼茫，囚山足終裹。故人半零落，陳趙羅胡我。（弢庵、堯生、掞東、瘦唐。）蓋棺初名聞，一棺付峨舸。遙接〈八況篇〉，寥空酹白墮。」

又胡步曾（先驌）亦有〈哭昀谷文〉二詩。其一云：「中原久喪亂，耆舊日凋落。噩耗傳海疆，此老亦解脫。握別曾幾時，謦欬猶如昨。彈指成古今，聞訊遽驚愕。酸懷言可喻，哭奠阻途邈。深悔同城居，造請未肯數。惟公天人資，沖懷接冥漠。儒修與佛性，幽光蘊靈璞。郎潛久如夢，垂老翻守蜀。富貴本浮雲，（公出守西蜀，都人士祖餞賦詩，名《浮雲集》。）咄嗟返初服。自茲安大隱，蹤跡儼雲鶴。道心益精進，骨見膚自剝。冤親證平等，（公舊僕一夕無故戕公冢孫，已而自殺。公仍善視其家屬。）轉覺遭非酷。雲歸杳何處？夢醒了無觸。知公喻浮漚，漚滅即圓覺。後死能契然，清淚禁撲簌。」其二云：「同光盛詩教，瓣香在黃陳。散原主壇坫，遐邇爭傳薪。末流病粗獷，頗失涪翁真。公獨契玄機，理圓韻自醇。高標揖靖節，弟蓄王儲倫。並世寡儔侶，石巢庶知津。一卷妙峰詩，瀾翻語通神。聞修得自在，末學安可臻？我亦好攢眉，宛若秋蟲呻。河魚膏自煮，滿紙皆荒榛。公獨謬許之，謂接支公塵。方期授句法，言笑時相親。轉眼隔人天，此恨寧可論？遙聞藏山業，付託欣有人。終矢寶遺編，視若璆琳珍。」一步曾此二詩未能精警，亦因門面語未能刊落耳。惟「醇」「倫」二韻，恰到好處。小注可存軼事，遂連類存之。終不若石遺老人一篇之簡老而有逸趣也。

清末五小說家（林紓、李寶嘉、吳沃堯、劉鶚、曾樸）

余年十四，隨侍梁園。時五經甫畢，先府君日督課讀《資治通鑑》、《三國志》、《文獻通考》、《文選》諸書。日有定程，夜則疏記一日看讀所得於日記冊。日必三四百字，文事日進，即始於此。顧其時亦頗喜瀏覽今人所為小說。其最賞者，譯著則以閩縣林琴南（紓），撰著則以李伯元（寶嘉）、吳趼人（沃堯）、劉鐵雲（鶚）、曾孟樸（樸）所著為篤嗜。其他雖時有勝處，然不甚重視，此亦少年時一段回憶也。及光宣之際，入京師大學堂讀書，而林琴南則以五城學校教員，兼主講京師大學堂預科。余嘗謁之教員憩息室中，遂得挹其丰采。時先生御棗紅寧綢皮袍，袖手踱廊下，體格中材，面貌在豐瘦之間，語時氣粗而語重。其人卞急使氣，顧對少年人頗謙退。余與立談二十分鐘，頗加獎勵。及後數謁之寓廬，每語文則不相入。蓋余時於唐人頗重呂和叔、劉夢得，於宋人推宋景文，清人自汪容甫、邵叔山外，殊不甚喜。

琴南每欲勸予從惜抱、柏梘入手，意欲導諸桐城一派也。余甚不謂然，因叩：「先生譯西稗，奈何不學方、姚，而效《南北史》、唐人小說語？今人推先生者，不在彼而在此，得無自相鑿枘乎？」琴南不能為確切答覆，而但云：「君不喜方、姚，此年少氣盛之故，他日當思鄙言。」予曰：「桐城派中，吾以魯通甫為第一人，曾滌生次之。至於惜抱，與其學其文，不如學其詩。」琴南大異之，徐曰：「君殆遇名師乎？」余笑曰：「生平未嘗從師，更未遇名師。予所師者，乃師吾心耳。心所喜者，篤信之，守之；所不喜者，亦未嘗薄之，但置而不論耳。即如先生譯著滿天下，予讀而好之，久則不甚好，並未嘗如它人加以輕薄之詞。梁卓如之文亦然。」琴南益大異。時松江姚雄伯頗為林所稱許，後亦曾效其說部體，頗有「虎賁中郎」之稱。予則於林氏所為，未嘗學，亦未嘗非。或有攻之甚力者，予則云：「林先生自有不可及處，即如君所詆諆，恐力學二十年，尚未能企及。為學貴自得，無自得之處，詆諆他人，於自己聲名仍無益也。」時有閩人游某，傳其語於琴南，琴南頗重予。實則余與林氏遇時，始終未嘗與論文藝，不過偶為竹林之遊耳。

及民國初元，林氏挈妻孥避亂析津，貧乏不能自存。《民約報》挽林為主筆，自署曰蠡叟。時余已隨先府君商城任所。余初讀蠡叟文，心頗訝之，以為非林氏莫能為。顧其文頗循時論，又喜用新名詞，往往於文意不相照。至其言之忸怩不由衷曲，則於字裡行間，一索而知之耳。一日，忽思姑定為林琴南，作一書以諍之。果得覆書，云：「已辭席矣。」壬子夏、秋，徐又錚辦〈平報〉，挽林為總主筆。林謝之，曰：「曩在析津，見屈於汪辟疆，不如其已。無已，姑以筆記塞責何如？」此即該報所刊之《鐵笛亭瑣記》，後又改為《畏廬瑣記》者是也。惟林氏有一不可及處，即語及德宗，每於廣坐中痛哭流涕。又待人頗誠懇，任俠尚氣，為一時老輩所不能及。今日檢行篋，余於民國元年致林書，赫然在焉。覆書雖寥寥數語，亦可味。茲並錄存之，以備談助，亦晚近文壇一故實也。

〈與林琴南書〉汪辟疆

琴南先生座右：國垣淺學無狀，在大學時竊聞長者緒論久矣。同學友自北來，具道先生現主某報，私心自喜，以為報界文字骩靡，日入衰壞，得先生以振起之，當必有以移轉世風於不覺者。及取而讀之，則中所云云，按之初意，實相剌繆。豈習俗移人，雖賢者亦不能自免耶？抑媚世之文與傳世者固不可同日語耶？先生將何以解於斯二者？昔李唐初葉，競尚排偶，故當世所傳文無一非儷體，韓愈氏起而返之醇古，風氣一變。宋初科舉之文，多尚新體，歐陽氏出而振之，風氣亦一變。文字之盛衰，雖與世運相通息，要之有賴乎豪傑之士，以收救弊起衰之功，此無可疑也。清季之文學何如矣？其尤弊者莫如報紙，以叫囂為氣盛，以粗豪為雄駿，以新詞為奧衍，以俚語為雅飭。流風所播，舉世披靡，而文字益壞矣。昔韓退之謂時時作俗下文字，下筆令人慚，示人則以為好。大慚大好，小慚小好。豈今日報館之謂乎？先生學術文章，並世無偶，愛國之忱，堅貞之節，發為文章，定當冠絕一世。顧奈何泄泄遝遝，隨世俛俯，幾若東施之顰，效之惟恐不肖者，豈下走所望於先生者耶？雖報紙文字成諸倉卒，然欲自樹立於此等隨人之處，正宜審慎出之。竊願先生攄其所學，本其道德，發為文章。言論尚平實，不尚奇詭；文字尚稚飭，不尚俊衍。務舉報館文字之弊剷除之，以挽頹俗，則國垣不惜以逆耳之言嘵之於長者之前者，為不虛矣。更進而教之。臨啟悚息，伏惟少垂省覽。汪國垣頓首。

〈覆汪辟疆書〉林紓

辟疆同學足下：得書愧感，然身適裸國，不能無裸。遷就繩尺，吾亦知恥。奉書後，已作箋辭席矣。謹此奉覆，弟林紓頓首。

林紓、李寶嘉、吳沃堯、劉鶚、曾樸五家，既以稗官擅名一時，其平生事實多不備詳。茲略為記之於下：

（一）

林紓，原名群玉，字琴南，號畏廬，福建閩縣人。幼孤，事母孝。叔父靜庵鞠之成立。十歲，從同縣薛則柯學。則柯讀《禮記．檀弓》，至「防墓崩」，即掩卷大哭，紓亦為飲泣。則柯賞其慧解，因授以歐文、杜詩。顧家貧不能得書，乃就市收斷簡殘帙，用自磨勵。偶發篋，得叔父所藏《尚書》、《左氏傳》及《史記》殘本，則大喜過望，窮日夕力讀之，因悟文法。自十三歲至二十以後，所校閱不下二千餘卷，學益大進，有文名。光緒八年領鄉薦，家猶貧。嘗館其鄉人某氏，為課子弟，束脩極微。然紓得以奉母甘旨。有餘則挈弟子入城，於冷攤中市雜書歸，課隙讀之，益肆力古學。壯渡臺灣。再應禮部試，不遇。膠州灣割歸德人，紓聯公車上書某部堂，請代奏，力爭之。某不敢代上，紓語侵之。事聞，革去舉人。歸客杭州，主東城講舍。入京就五城學堂聘，任國文教員，時光緒二十六年也。復主國學。禮部侍郎郭曾炘已經濟特科薦，辭不應。旋入京師大學堂為教習。

初與長樂高鳳歧、鳳謙兄弟交甚篤。會紓喪其婦，牢愁寡歡。高有友人王壽昌（字子仁，號曉齋主人。）新自巴黎歸，精法文，亦與紓有素。因語之曰：「吾請與子譯一書，子可破岑寂，吾亦得以介紹一名著於中國，不勝於蹙額對坐耶？」遂與同譯法國小仲馬《茶花女遺事》。書成於光緒廿五年己亥夏間，託《昌言報》館代印。書甫出，極為藝林稱賞。不數年，重版及木刻甚多。而紓譯文興趣隨之大增。值鳳謙主干商務印書館編譯事，即約紓譯歐美小說，前後凡百五十六種，千二百萬言。民國時，徐州徐樹錚為段祺瑞謀主，自謂有文武才，喜談桐城之學，以紓為文章尊宿，引之入所辦正志學校。及錚敗，紓乃退居。民國十三年甲子秋卒，年七十三。門人私謚貞文先生。

紓平生任俠尚氣，性剛毅木強，善怒，責人每至難堪。然富有熱情，好急人之急。業師薛則柯家絕貧，夏日嘗不舉火。紓歸，既食，度師未炊，乃實米於襪中以餉師。居京師時，嫉惡尤嚴，見聞有不平，輒憤起。忠懇之誠，發於至情。念德宗以英主被扼，每述及，常不勝哀痛。十謁崇陵，匍伏流涕，逢歲祭，雖風雨勿阻。嘗蒙溥儀書「貞不絕俗」額，感幸無極。生前自言：「死後墓碣應書曰清處士。」或以遺老嗤之，紓不顧也。

憂時傷事，一發諸詩文。為文宗韓柳。少時務博覽，中年後，案頭唯有《詩》、《禮》二疏、《左》、《史》、《南華》及韓、歐之文，此外則《說文》、《廣雅》，無他書矣。

其由博反約也如此。紓論文主意境、識度、氣勢、神韻，而忌率、襲、庸、怪。文必己出，嘗曰：「古文唯其理之獲，與道無悖者，則味之彌臻於無窮。若分畫秦、漢、唐、宋，加以統系派別，為此為彼，使讀者炫惑，莫知所從，則已格其塗而左其趣。經生之文樸，往往流入枯淡；史家之文則又隳突恣肆，無復規檢。二者均不足以明道，唯積理養氣，偶成一篇，類若不得已者，必意在言先，修其詞而峻其防，外質而中膏，聲希而趣永，則庶乎其近矣。」紓所作，務抑遏掩蔽，能伏其光氣，而其真終不可自閟。尤善敘悲音，吐凄梗，令人不忍卒讀。論者謂以血氣為文章，不關學問也。然紓初本以譯西稗得名，後乃肆力於桐城之學，由方、姚以規韓、歐。詩亦由吳駿公入手，及晚歲居舊京，乃始為唐宋人詩，亦頗清真健舉。

然有一事不可及者，其譯西方說部書，多藉王壽昌、魏易、陳家麟輩口述，平生實不諳西文。惟於西方文家語氣口吻，紓能以中土文曲曲達出，不爽忝絫。不知者讀其譯本，必以為精通佉盧文字者也。故有謂紓之譯述西稗，可方六朝人譯佛經。惜乎耶教之《聖經》、回教之《可蘭經》無此高手譯本也。紓文事之暇，兼工技擊、書畫。山水渾厚，冶南北於一爐，然精者亦不多。書則圓潤自如，頗近吳摯甫，卻非超絕。嘗於書室中設兩案，一作畫，一作文譯書。鄭孝胥嘗過其寓齋，戲之曰：「此非畏廬，乃造幣廠也。」又喜博簺，遇局輒負，而嗜之彌篤，至老弗衰。陳寶琛贈詩曰：「讀書博簺等傷性，多文雖富君勿貪。」蓋諷之也。嘗著《冷紅生傳》，言其木強狀。其云「冷紅生」者，所居多楓葉，因取「楓落吳江冷」詩意，以自號云。所著自譯西稗外，有《畏廬文集》、《畏廬文續集》、《畏廬詩存》、《春覺齋論文》、《韓柳文研究法》、《畏廬瑣記》及小說《金陵秋》、《官場新現形記》，傳奇《天妃廟》、《合浦珠》等十餘種。

（二）

李寶嘉，字伯元，自號南亭亭長，江蘇武進人。少時擅制藝及詩賦，以第一名入學。累舉不第，乃赴上海創《遊戲報》，體制別創，傾動一時。踵起效之者，無慮數十家，然風趣雋永終不逮也。寶嘉笑曰：「焉有矩步而不變者哉？」又別創《繁華報》。光緒二十七年，清廷開特科徵經濟之士。湘鄉曾慕陶侍郎以寶嘉薦，寶嘉謝曰：「使余而欲仕，不待今日矣。」辭不赴。會臺諫中有忌之者，竟以列諸彈章。寶嘉笑曰：「是乃真知我者。」自是肆力於稗官家言，而以開智譎諫為主旨。初著《文明小史》，刊諸商務印書館《繡像小說》，極為時人所推及。著《官場現形記》、《活地獄》等，尤風行一時。而《庚子國變彈詞》、《南亭瑣記》其次也。年四十卒。寶嘉夙抱大志，俯仰不凡，懷匡救之才，而恥於趨附，故當世無知之者。遂以痛哭流涕之筆，寫嬉笑怒罵之文。每一脫稿，萬口膾炙。坊賈甚有以他人所撰之小說，假其名版行以欺世者。其見重於時也若此。

（三）

吳沃堯，字小允，又字趼人。以其先卜居佛山，因自號我佛山人。廣東南海人。早孤，家貧，岸然自異，無寒酸卑瑣之氣。年二十餘，走上海，傭書江南製造軍械局，月得值八金以自贍。聞仲父客死於燕，電白季父，取進止，三請不報。逾月得書曰：「所居窮官，兄弟既析爨，雖死何與於我！」沃堯大戚，乞哀於主會計者，假數月傭值，襆被北行。至則諸姬皆以財逸，兩兒處寠人間，沃堯乃拯以俱南。後主《漢報》筆政。《漢報》實美人所營，時有華工禁約之事。沃堯念僑民顛沛，遽謝居停，遄返上海，與華僑人士共籌抵制。以善於演說，每一發語，聽者為之動容，以是傭於美商、踵沃堯而引去者甚眾。粵人旅滬者數萬眾，沃堯乃創立兩廣同鄉會，開廣志兩等小學。其號召公益有如此者。光緒三十一年，休寧江維甫創刊《月月小說》於上海，慕沃堯名，聘為選述。先是湘鄉曾慕陶亦耳其名，疏薦經濟辟應特科。知交咸為稱幸，沃堯夷然不屑曰：「與物無競，將焉用是？吾生有涯，姑舍之以圖自逸。」遂不就徵。宣統二年，以疾卒於上海旅寓，年四十四。

沃堯夙志廉退，不競榮利。天下之士靡然赴制科，而沃堯不治功令文如故。富有才藝，自金石篆刻以至江湖食力之技，無所不能，亦無能不精。在製造軍械局時，嘗自運機心，構二尺許輪船，駛行數里外，能自往復。旅居多暇，輒於階前隙地蒔花種竹，藉以自遣。斗室之中，位置彝鼎圖書，井井有序。客至則銜杯共醉，望而信為軼世之士。所為文章，類皆稗官家言。每狀一事，皆以委蛇之筆，盡淋漓之致。耳目遭際，孺人稚子所能喻者，一出其手，必蔚為巨觀。性好酒，嘗以酒為糧粻，逾月不一飯。余嘗以宣統元年五月過滬訪沃堯於旅寓。樓居湫隘，兩侍姬環伺，並皆嫻雅。聞初皆為勾欄中人，因從沃堯學，遂為脫籍。或以為信陵君之醇酒婦人，沃堯有焉。其說部以《二十年目睹之怪現狀》、《九命奇冤》為最著。此外，《最近社會齷齪史》、《劫餘灰》、《上海遊驂錄》、《痛史》、《兩晉演義》、《恨海》亦有名。今均傳於世。

（四）

劉鶚，字鐵雲。又自署「洪都百煉生」，即其著《老殘遊記》所題也。原籍湯陰，後遷江蘇丹徒。少精算學，好讀書，而放曠不羈，頗為人所輕視。後忽自悔，閉戶讀書。歲餘，乃行醫於上海，旋又棄而學賈，盡喪其資。光緒十四年，黃河決於鄭州，鶚以同知投效於吳大潰。以治河有功，聲譽鵲起，漸至以知府用。在京都二年，上書請築鐵道，又主開發山西煤礦。既成，而其時朝士昏暗，詬為漢奸。庚子之亂，鶚以賤值購太倉儲粟於歐人。或云實以賑饑困者，全活甚眾。後數年，被人劾，以私售倉粟罪之。流戍新疆，窘困以卒。

鶚以歷來小說皆揭贓官之惡，而未有揭清官之惡者；實則贓官自知有病，不敢公然為非，清官則自以為不要錢，何所不可，剛愎自用，小則殺人，大則誤國。此類所見，不知凡幾。乃借鐵英號「老殘」者之遊行，歷記其言論聞見，暗相攻擊。而敘景狀物，亦甚為可觀，名為《老殘遊記》。初集凡二十章，又有二集先後刊佈，士林重之。鶚又於光緒二十六年庚子秋冬間，得福山王懿榮氏所藏龜甲文字千餘片，嗣又陸續從洹上搜得之，凡三千餘片，精研拓印為《鐵雲藏龜》十冊。時羅振玉之書未出，鶚所影印者，實開羅氏之先云。

（甲骨文字之發見，實在光緒廿四年戊戌間。先是，河南安陽縣西北二十五里之洹水沿岸為水所嚙，土人於其地拾得甲骨甚多，不知何物。或有言其為龍骨者，可以治病。試之，有效有不效。然亦有偶然疾瘳，土人多藏於家以備用。惟甲骨上多有古文字，偶為北京書估收書者所見，乃攜多片走京師。福山王廉生懿榮喜治金石碑版文字，偶於海王邨見之，乃窮力研索，知為三代時法物。而其地又即《史記・項紀》所稱之殷墟，頗疑為殷人所遺留。盡括而有之，前後所獲已不下二千餘片矣。懿榮以庚子七月二十二日投井殉難，時鶚尚留京師，乃又盡得懿榮舊藏。而洹水之上，土人於農隙掘地，歲有所得。鶚又從而大收之，陸續所得，又不下三千餘片。鶚既戍新疆，其藏龜亦漸漸流出。上虞羅振玉復得之，而英人哈同亦得鶚所藏之一部，約八百片。至光宣間，安陽新出土者，大半皆歸羅氏。其前後所獲幾至二、三萬片。其餘散在諸家者，當以萬計。而駐彰德之英牧師明義士J.M.Menzies所收得者，亦近萬片。羅氏有《殷墟書契》前編八卷、後編二卷，《殷墟書契菁華》一卷，《鐵雲藏龜之餘》一卷。哈氏有《戩壽堂所藏殷墟文字》一卷。迄民國二十□年，中央研究院遣人至安陽為有計畫之發掘，更大有所獲。其最巨大之甲骨，尤為諸家所未曾見者。且從地層分析，而以所刻文字比類而互勘之，知洹上土中之甲骨，皆可以斷定其時代。近人董作賓即從事斯役，更據之以撰《殷曆譜》，頗足以證殷商年代世系云。千帆謹案：師於此則復有批云：「王懿榮子翰甫，盡以甲骨售與丹徒劉鶚，鶚又續得定海方藥雨及范姓之藏，共計五千餘片，精選千餘片，石印為《鐵雲藏龜》。」與本文略有出入，今兩存之。）

（五）

曾樸，初字太樸，後改孟樸，又字山木，又字籀齋。其所著《孽海花》小說，署「東亞病夫」。江蘇常熟人。父之撰，為時文名手，著有《登瀛社稿》。樸齠齔穎異，極為父母所鍾愛。從同邑潘子昭受學。課經之暇，即喜讀雜書及說部。師長每呵之，樸不顧也。又喜為駢體文，偶為之撰所見，甚異之。樸亦覺其才情甚美，與邑人張隱南、胡君修、蔣志範遊，文名日噪。年十九，入府學為諸生，光緒辛卯舉人。時李文田、文廷式、江標、洪鈞，皆喜為西北地理及金石考古之學。樸入京，主其外舅汪鳴鑾家，即與李、文輩往還，備聞緒論。樸以開敏，偶與商榷，極為諸人所賞，且引為忘年交。因居鳴鑾家，又備聞朝章國故及一時名流遺聞軼事，排日作記。後此撰《孽海花》，悉據以穿插其中，並非空中樓閣也。樸時因喪偶，心境鬱抑。次年強應禮部試，自污試卷，被擯。翁尚書同龢、汪柳門侍郎鳴鑾極表惋惜。之撰為納貲，得內閣中書。逾年嗣婚沈氏，時往來京師及里閈。

及甲午戰後，樸極感研學西文之要，乃入同文館學習法文。又應總理各國事務衙門考試，為張蔭桓所擯，乃決意南歸。逾年又至滬，計畫實業。時康梁諸人方奔走革新運動，樸於丁酉、戊戌間，因得與譚嗣同林旭、唐才常、楊銳相識滬上。樸有所眷妓花麗娟者，譚、林輩遂得於花妓處為集議之所。譚、林入京，約樸同行。樸因其父之撰喪未滿，且須營葬，決緩期北上，遂未及戊戌之難。又以林旭為介陳季同精於法文，即從季同學法文，學益大進，且因得誦法國文學名家著作。又回里主持教育，與舊派紳者，齟齬益甚，而志不稍奪。創塔前小學。延日人金井雄居其家虛霩園中，就園中設日文班，樸亦執弟子禮習日文。以其餘力兼營絲業滬上，後虧負甚巨。乃於光緒三十二年，與邑中同志丁芝孫、徐念慈、朱遠生等創小說林社。撰著之外，廣集西洋譯著，與《小說林》月刊同時發行。而樸所撰之《孽海花》亦即於是時屬稿。

其書以名妓賽金花為主人，而穿穴以近三十年朝野名流軼事，以歷史而兼社會小說體，立意既創，而文筆亦生動有致。初出書後，不意傾動一時，而自負譯筆之高如林紓者，亦為傾服，認為近代自撰說部中第一流著作。惟此書初出二十回，因書中頗有窮形之筆，於當時達官貴人、名流學者不稍假借，張南皮曾電達上海道蔡某，禁其出版。其後《小說林》所續，聞亦頗有刪改回護處。或云樸曾以直筆受賄，亦殊無佐證。樸既《孽海花》得名，又久居滬濱，清末遂參預社會政治運動，如預備立憲公會，以及光緒三十三年拒絕浙撫張曾敭調蘇撫之，民情激昂，張卒以此調陝西。樸皆之主策。清廷曾密電捕樸，樸亦不懼。蓋其時清廷已日趨孱弱，知民眾之不可侮也。端方督兩江，招樸入幕，是為棄官後再從政治之始。端調北洋，樸以候補知府分發浙江。辛亥革命，乃棄官居上海，被選為江蘇省議員。

民國元年春間，樸被派為全國各界財政會議江蘇代表，因入京。力爭宜減縮蘇省軍事負擔，頗為蘇人所推。又清理江蘇官產處亦由樸籌辦，旋任處長。民國十三年盧齊之戰，樸出任江蘇財政廳長。及孫傳芳督蘇，任陳陶遺為省長，樸為政事廳長。未兩年，孫氏勢促，國民革命軍入蘇，而樸之政治生涯亦終矣。十六年，居滬。樸又與其子虛白設真美善書店刊雜誌，再續編《孽海花》，按期刊行。然江郎才盡，雖竭力經營，已無前編精采矣。二｜年，以書店虧折，始返常熟邨居，以蒔花種菜自娛。而心臟病日劇，遂於民國二十三年六月二十三日卒，年六十四。

所著有《推十合一室文存》二卷、《執丹瑣語》二卷、《未理集》、《羌無集》、《雪曇夢院本》四卷、《吻沫集》、《補後漢書藝文志》一卷、《考證》十卷，小說自《孽海花》外，尚有《魯男子》第一部——《戀》。樸自十六年罷官居滬，與滬上新文藝青年作者往來甚密。偶至其寓，賓朋甚盛，其年皆小於樸二十或三十歲者。樸日夕相對，談笑甚歡。少年亦樂就之，群呼樸為「老少年」云。

林琴南逸詩

林琴南生平，既已述及。然晚年於畫外，頗自喜其詩。所刊《畏廬詩存》二卷，早年之學梅村者，刪剔甚多。而晚年居舊京所作者，亦間有遺佚。以余所知，以下數詩，皆不見《詩存》中，抄存於下。

〈段上將軍以顧問一席徵余。余老矣，不與人事，獨能參將軍事耶？既謝使者，作此自嘲〉

中年嘗讀北山文，老隱京華百不聞。

長孺固宜為揖客，安期何必定參軍。

懸知骨相難遷貴，自愛行藏愧備員。
再拜鶴書辭使者，閉門閒畫敬亭雲。

〈丁巳七月亂後至校，檢點殘書，率成一律〉

驕陽微殺早秋天，景物陳陳未變遷。
塵案仍留纖碎稿，風窗還咽兩三蟬。
本無得喪寧生感，自愛沈冥漸近禪。
尚有濠梁餘緒在，觀魚來傍藥欄前。

〈懷人三首〉

晞發廬山最上頭，西風斜日滿潛樓。
可憐嗚咽西江水，似帶遺民血淚流。（劉幼雲）

循吏清名滿舊都，於今蓑笠作農夫。
念年同看鴛湖月，未為滄桑變故吾。（勞玉初）

北直秋風動禪臺，一官拂袖早歸來。
劉郎絕跡玄都觀，桃李由他次第開。（劉伯紳）

琴南早歲，家境清貧，終歲以教私館自活。及壬午鄉闈獲雋，然貧乏如故。因力學，事泛覽，稍稍以文章顯。惟囿於俗學，其格不高。余曾見其早歲所撰《閩中新樂府》一卷，即當時盛傳閩中者。實則摭實傳聞，略含諷刺，詩亦平平。後乃稍稍與文士往還，眼界較寬，而詩亦不出梅村末派。以其濟以時務，在爾時風氣中，固易得名也。及與王壽昌同譯《茶花女》，名乃大顯。居舊京時，海內詩人以陳散原、鄭海藏為領袖，林氏遂亦棄其向所尊崇之江左派而不為，數年不作詩。辛壬改物後，乃又稍稍微之。已一變其故步，而清真挺秀之篇，往往遇之。

陳弢庵嘗語余：「琴南本俗學，所謂中年出家也。」蓋以此云。惟琴南亦頗以才自負。其《畏廬瑣記》，有記其早年以詩觸忌一事，云：「甲申馬江之衄，余曾有感事詩云：『禁垣特簡出群才，父老傾城洗眼來。畫省香爐誇侍從，赤車院牒耀輿臺。期門秋老軍容冷，夜月蘆花鬼哭哀。自是符離關小劫，魏公鼻息正如雷。』偶爾感喟，出之無端，棄去不復存稿。不意竟為同里王某所聞。數年後，適某相國督粵，見余代王福昌所擬《火藥條陳》，大賞其精采。立召入，詢稿所出，王以余告，相國大為激賞，嘗於廣坐稱之。已而詢及同里王某，王力詆余，且誦此詩以觸相國之忌，於是復加怒罵。及祥符沈公督學閩中，累擢余高第，以積勞卒於官，因輓以聯云：『吾師大節，得司馬公一字之誠，生平兼道學儒林，餘瀋猶沾循吏傳；閩士私評，與宋文正千秋為偶，賤子尤感恩知己，斜陽獨弔去思碑。』此聯為上海《萬國公報》所訪載，相國復見之，謂閩人鄭君籛曰：『某某良有才筆，惟持論不公耳。』鄭君舉以告，余均一笑置之」云云。此一事亦可見琴南早年自詡其才筆之一斑。

又有一則云：「余於前清某科應南宮試，文中偶用《管子》成句，曰：『諸侯皆令已，獨孤國非其國也。』某相國以淹雅稱，被命為總裁，將『令』字下一巨點，斥曰：『不通。』後余睹落卷，莞然。後十年，余至京師，相國忽以人介紹，與余相見，出王廉州及石谷畫冊見示，過從甚歡。一日，相國忽問曰：『君曾應春闈乎？』余曰：『老母見背後，遂不北來。』相國曰：『僕為總裁時，君亦在試否？』余曰：『是科薦卷，適經相國之眼。』相國大驚曰：『卷落矣，吾作何語？』余笑曰：『第三藝用《管子》，公斥為不通，故未獲售。』相國大踧踖。余大笑，亂以他語。相國曰：『老悖，老悖！』」此一則正可與前條參觀。某相國，即張文襄也。

顧印伯

華陽顧印伯（印愚），以書名一時。余嘗在梅畹華處見其為梅書易實甫〈數斗血歌〉便面，極工。後又見其與程穆庵手札多幀，蕭散多姿，可稱能品。王仲惠更以其家所印顧氏集聯一冊見贈，尤為雋永。其書在大令、登善、元章之間，信手揮灑，自然疏秀。聞其平日每晨起小飲後，即臨河南雁塔《聖教》數過，日以為常，則其工力可知矣。余初蒞渝州，居青年會，時程穆庵、喬大壯皆先後來。穆庵為印伯弟子，師誼至篤，曾為顧刊遺集。大壯與印伯為同鄉世誼，皆曾親炙有素者。聞大壯述其遺事云：印伯為人，品貌英偉，而言詞囁嚅，早有斗方名士之謗。或以顧不寫大字故也。印伯為王湘綺弟子。《湘綺樓詩集》有〈華陽篇〉一詩，即贈印伯者也。而顧卻不作王派詩。大壯偶詢及也，則云：「老子其猶龍乎！」顧與喬本世誼，大壯大父損庵先生，長於印伯，甚相契。印伯筮仕湖北，追隨南皮頗久。然曾至舊京三次：清光緒乙巳年到京，即住喬寓；戊戌年，住南城伏魔寺；最後民國元年，則與弟同住也。

印伯於書法之外，亦工吟詠，詩格在玉溪、玉局之間。或有疑其專從晚唐人出者，非其實也。其家收藏漢、魏、六朝、三唐、兩宋人詩集極富。尤喜集唐宋人詩句為聯語。有得，則書於自製便條上，最精美。華陽王菊飲所印集聯真跡皆是也。其未印者尚多，聞成都有川軍黃軍長家，庋藏盈篋。當乙巳年印伯在舊京時，喬損庵先生因有四孫，偶然憶東坡詩「朋來四男子，大壯泰臨復」二句，因謂印伯曰：「大壯泰臨復，君能集蘇詩為偶語乎？」時損庵意此五字為四卦名，屬對匪易，且長孫因蘇詩有此，而字大壯，亦難穩切。印伯曰：「吾行醫無蘇詩。」損庵曰：「吾架上尚有所餘施注蘇詩。」因舉以贈。印伯取出，實未寓目，但旋用坡詩「泛潁」句作對，即集成一聯云：「歐陽趙陳余，傳呼草市來攜客；大壯泰臨復，下有孫枝欲出林。」天衣無縫，恰到好處。印伯隨謂大壯曰：「君若嫌此聯尚短，吾尚可增數字，何如？」因書云：「歐陽趙陳余，嘯歌相樂，傳呼草市來攜客；大壯泰臨復，卯妙侍側，下有孫枝欲出林。」一氣貫注，且皆坡句，然觀者已嘆服矣。（因此六句，不全在施注蘇詩內，而實有散見於王注及紀評《蘇文忠詩集》內者。）

大壯又云：印伯平生最精飲饌。出遊時，常命僕從挈竹絲食榼，量少而精。例如山雞丁、醬瓜、冬筍，炒為一碟，但三物皆為大小同式正方形，是為冷食。每不喜啖牛、羊、蔥、蒜。餘如松花江白魚、天津銀魚、馬鞍橋鱔魚，及廣和居糟蒸鴨肝，必應有盡有。印伯食甚緩，每餐，輒再熱數次。喜飲黃酒，量頗寬。余見有人贈彼黑色絨帽一襲，彼御之至於臨終。余見印老景象，鮮有不御此帽者。彼嘗詠帽云：「不妨老去遼東帛，那得歸從錦里烏。」蓋遊戲之作也。印伯向不以遺老自居，但僅曾集聯以贈名旦王瑤卿云：「古董先生誰似我？落花時節又逢君。」上句出《桃花扇》，下杜公句。其風趣可知矣。

印伯詩，程穆庵既為排印於上海，然散佚者亦頗多。大壯嘗寫示二首云：「桑園甚熟聽流鶯，柳巷萍圓薦玉鯖。髮綠齒齊胡不樂？水流花謝若為情！百年已付天槃物，五斗終須日解酲。不見西鄰憂不足，朝來油旆夕佳城。（自注：比鄰某太守歿於行館。）」又云：「且聽深山四月鶯，未須高館五侯鯖。遠遊圖史還為累，久住林池恰有情。客難漫從方朔喟，婦言寧止伯倫酲？南薰客易銷紅紫，多少青錢下夾城。」此二首遺集皆未收。聲調圓美，不辨其為唐為宋，而卻為塞向翁傳神寫照。印伯，字所持，又號塞向翁。光緒己卯舉人，官湖北知縣。

陳石遺云：「印伯與楊叔嶠同為張文襄入室弟子。余識之二十年，惟見其飲酒，作字，鬥詩鐘，未見其作詩。梁節庵以為工晚唐體，及見其門人程穆庵所輯手稿，皆宋人語也。」故石遺題印伯詩冊云：「廿年珍秘篋中詞，身後幽光發太遲。終肖蜀山深刻處，梁髯偏說晚唐詩。」論印伯詩，以此二十八字為得其真際。

清詩匯

徐菊人（世昌），於近三十年中，頗有振興文教之志。既創四存學社，刊顏李遺書，又於其任總統時，創晚晴簃詩社，撰集《詩匯》。及退居津沽，則又編撰《清儒學案》。今其書皆早已陸續流布，惜傳佈不廣，然在舊京，固俯拾即是也。《清儒學案》凡二百八卷，一百冊。《清詩匯》，凡二百卷，八十冊。所收自明清間遺老，下逮民國初年已卒詩家，不下六千一百五十九家，可謂富矣。其撰選既出眾手，去取亦多可議。然在此擾攘世局中，能留意及此，書雖不甚精審，但能保留如許材料，以待後人要刪，亦不可謂為無益之事也。

曩在金陵，見黃君坦（孝平）曾代撰〈清詩匯敘〉一文。此文為王書衡屬君坦所擬，即取〈晚晴簃徵詩啟〉點綴成文，捃撦掌故，於清代詩原，亦復詳審，姑錄存之。至此文與本書所刊有無異同，今日無《詩匯》在手邊，無從對照，它日當再取而比勘也。

〈清詩匯敘〉黃孝平撰

《清詩匯》都為若干卷，御制外得若干家。歲在屠維，將付剞劂。甄採周紀，薈萃精英，乘邅之途，較然可監。摯虞《流別》，總集肇耑；昭明陳辭，沈思是尚。選詩故事，莫盛於唐。《國秀》、《篋中》、《極玄》、《御覽》、《中興間氣》，《河嶽英靈》，起例諸編，允為凱式。宋明纂輯，未饜縹緗。《江湖》、《中州》、《元音》、《國雅》，具體差敀，流風未沫。順康文學，照映昌時。七子餘波，見譏糟粕。勝流南北，姓字如林。鳧盟覆輿，坦園秋水，孤芳敻響，矜服前修。江左嶺南，寧云多讓。漁洋既出，神韻獨標。壇坫迭張，詞流鋒起。聲光所被，爰逮乾嘉。支葉繁滋，更仆難數。歸愚守宗法，隨園重性靈，標榜偶緣，蔚成風會。道咸以後，湘鄉低首西江，湘綺導源漢魏。廣雅褒然，振奇鬱起，宏開幕府，奄有眾長。季世說詩，祧唐宗宋，初慕後山，嗣重宛陵，寖遠蘇黃，稍張楊陸。

三百年間，詩滿天地，綜其卓絕，約有數耑。廟堂巨制，炳若日星，鴻博兩徵，召試累舉。柏梁聯句，朝元歌詠，雅道既興，流飆斯廣。查田太液，賜諭煙波；竹垞南齋，言思賤日。猻鞍酋長，《湛露》興謠；麟窟天孫，采風載錄；靈珠在握，蠻徼姚聲。詩教之盛，此其一也。考據之學，後備於前；金石之出，今勝於古。海雲鼎籀，紀事西樵；杜陵銅槃，徵歌石笏。鐘彝奇字，敷以長言；碑碣荒文，發為韻語。肴核《墳》、《典》，粉澤《蒼》、《凡》，並足證經，亦資補史。蘇齋備體，雷塘嗣音，滂熹洽聞，瓶廬精鑒。詩道之尊，又其一也。中葉而降，文網漸疏，黨錮不興，風人多刺。寶雞題驛，秋蟪成吟；龍壁從軍，淋漓篇什。蘿庵選韻，想望承平。感物撫時，敞辭貞義。拾遺直筆，契厥精深；長慶新篇，舉以諷諭。詩事之詳，又其一也。海通以後，聞見日恢。三山引舟，八紘置譯。倚衡奉使，夢詠波濤。人境羈賓，集開世界。蘭闍唱諾，瘉野諧聲；槎路低徊，蒓齋珥筆。能言四裔，散見諸家。興寓竹枝，目營卉服。輶軒遊履，極跡區寰；捃實摭華，夐長博物。詩境之新，又其一也。凡此四者，均異前規。陶熔英詞，馳騖新作，春蘭秋蕙，異畹同芳。藍脅號鐘，應蓱協奏。風美所扇，鼓舞方來。上軼元明，自成軌範。

昔所著錄，如貞庵《溯洄》，伯璣《國雅》，思九《詩選》，孝咸《詩觀》。《感舊》、《篋衍》之本，《別裁》、《正雅》之音，《湖海詩傳》、《熙朝雅頌》，原其為體，取捨因時，雖各成書，殆同獨賞。關河歲暮，往哲修然，裒輯闕篇，廣為甄寫，上自廟廊章制，下及山澤歌謠，宗室屬國，閨秀方外，品酌往例，胥入網羅。吳之振《宋詩鈔》，顧嗣立《元詩選》，虞山《列朝》之集，秀水《詩綜》之編，取則差同，瞠塵恐後。石倉墜簡，倖免劫灰；滄海遺珠，冀歸冥契。江東昭諫，天祐登名；建昌季常，荊南綴詠。義非吾炙，任重藏山，採拾舊聞，羽翼惇史。民風升降，朝局隆污，績學藻鏡，借曰匏宣，藝圃沈酣，自嗟蠡測。爰抒緒論，綴厥簡端，誦詩觀風，庶有擇焉。

錢能訓、周樹模與徐世昌

錢幹丞（能訓），浙江嘉善人。周少樸（樹模），湖北天門人。能訓丙戌進士，樹模己丑進士，先後授編修，為御史。二人皆方面大耳，樹模貌尤豐腴，有天官之目，受知於徐菊人（世昌）。當清季，遼東新建行省，世昌奉詔為總督，於署設承宣、諮議兩廳，薦樹模為左參贊兼領承宣廳事，能訓任右參贊兼領諮議廳事。凡事諮商而後行，所謂倚若左右手也。世昌既內調郵傳部，樹模已擢黑龍江巡撫。所遺左參贊，奉天巡撫唐少川（紹儀）薦梁如浩代之。梁疏懶不治事，權盡操能訓手，同僚側目。世昌將入京，語能訓曰：「吾行矣，清弼乃故交子，宜善事之。」清弼，錫良字，繼世昌之任者也。錫甫受事，睹能訓獨攬大權，將薄懲之，猶未決。幕客某曰：「東海方與密勿，勢不可侮。孰若疏請裁缺，避排擠之名，收默免之效？是能訓不去而去矣。」錫頷首，如計而行。詔准之。為世昌所聞，不悅曰：「吾同年錢幹丞固有功於遼東新政者，清弼竟不能容！儻果有劣跡，罷其職可耳。並缺而裁之，誠與人難堪。吾方在位，而為疆吏者，乃如此不論是非功罪，則為政尚堪問耶？」其時順天府丞缺出，世昌力繩能訓之才於奕劻，交薦於朝，遂獲簡授擢陝西布政使，甫蒞任，護巡撫。辛亥之變，能訓持刃自戕。遇救，易服至京師。或謂能訓裁缺入覲，不蒙召見，世昌再入樞府，為運動者久之，始授陝西藩司。又曰：「其兄明訓於辛亥權津海道，非也。明訓由部曹外簡津海關道，戊申沒於任。代者粵人蔡紹基，後於辛亥大局鼎沸，稱疾退。直督陳少石（夔龍）檄候補道幕客沈銘昌權斯缺，乃實事也。」

項城當國，於甲寅間廢國務院，仿唐制建置政事堂，起世昌為國務卿，楊士琦為左丞。右丞初擬梁敦彥，而士琦薦其堪膺交通部長之選。一日，項城顧世昌曰：「左右丞，宰輔之位也，非資深才裕者莫理，相國於意云何？」世昌知旨，對曰：「能訓明敏，足膺艱巨。」項城沈思半晌曰：「幹丞正貳內部，遽預樞要，不越次躐等耶？」世昌復曰：「然則少樸何如？」項城曰：「少樸方正，已虛平政院長一席待之矣。幹丞於相國為同年（世昌亦丙戌進士），杏城為姻家。兩漢方興，房杜並起，幹丞雖資望稍遜，宜為事擇人，予始念未及此。」世昌退而告能訓曰：「事諧矣。吾子於項城未嘗一日共事，右丞雖尊，不宜越俎，或可久於其位。子毋忽。」能訓唯唯。樹模初得報，以為右丞已內定，頗露發憤意。令下，任平政院院長，疑能訓私乞世昌攫其位，殊不懌。世昌為解釋久之，乃已。

此三人皆出身甲科，頗能文。惟世昌後膺總統之位，頗思提倡風雅，創晚晴簃詩社，網羅一時文士詩人，從事《清詩匯》之選撰。其自為詩則非甚工，不過略有氣勢耳。周少樸（洎園）詩殊有真氣，深得臨川、東坡之意境，晚歲尤高，固一時巨手也。錢幹丞詩文則不少概見，想亦當優為之。三人關係甚深，特記之以備《點將錄》要刪焉。

秦幼衡

固始秦幼衡（樹聲），文筆奇麗，傲倪一世，少所許可。自謂駢文突過六朝，散文廑不俗不亂，尤以書自憙，然不措意於詞。夏孫桐（閏枝）、繆荃孫（藝風）皆詞家，與先生集都門酒樓，將以窮先生，問：「能以詞賭酒乎？」曰：「能。」乃以用古人原韻合詞律為度。夏、繆皆立成，先生竟曳白，大受譙譏，苦無辭以對。次晨未曉，先生往叩閏枝門，形神慘澹。問：「何事？」曰：「詞成矣。」閏枝視所作，嘆服曰：「有一不能何害？竟如此！得無嘔心死？」蓋先生通宵未交睫也。於小品輒數為稿，嘗曰：「凡選詞未工，毋休，必有一天造地設之工者以俟焉。」其湛思如此。

先生雖詼詭玩世乎，然於出處之節無稍苟。項城袁氏慕其名，將致之居仁堂。先生抵以書，故盡為僻典難字累數千言，不可句讀。袁遍示僚屬，罔測其意，竟無以覆致之。沃邱仲子（費行簡，字潤生，湖南人。即撰《中國名人小傳》者也。）謂其以萬言書干袁者，非也。東海徐氏當國，遍請都中名士，先生與焉。徐致謙詞求教，督所不及。皆逡巡，先生獨曰：「此時尚有可言乎？」曰：「幸甚。」應聲曰：「公不作總統亦佳。」一座皆驚。徐又以東坡真蹟誇示座客。先生殊不視，曰：「東坡知書乎？」更以詩稿就正，曰：「公無能，毋語此。」徐笑曰：「他非所知，惟官未敢讓公。」先生出，語人曰：「東海徒以官傲我耳。」嗚呼！其魁壘而骨骾也，可以厲末世婀娜之風矣。（出孫至誠〈書秦幼衡先生軼事〉）

朱祖謀

「忠孝何曾盡一分？年來姜被減奇溫。眼中犀角非耶是，身後牛衣怨亦恩。泡露事，水雲身，枉拋心力作詞人。可哀惟有人間世，不結他生未了因。」此朱彊村（祖謀）垂死前五日所譜〈鷓鴣天〉詞也，題為〈辛未長至口占〉，淒惋欲絕，最後之筆也。年七十五。

祖謀，字古微，亦字漚尹，復字彊村。初名孝臧，以避廟諱易祖謀。浙江歸安人。光緒癸未以二甲第一名及第，授編修。為書仿顏魯公而肖。當會試時，戶部尚書閻敬銘之子，字亦模顏，視祖謀如出一手。主考某欲媚閻，閱卷置前茅。拆封視之，蓋祖謀也。嗣由侍讀學士擢禮部侍郎，兼署吏部侍郎。歷充國史館協修、會典館總纂。出為廣東學政。乞病歸。僑寓吳門，與鄭叔問（文焯）填詞自遣。宣統踐位，起為典禮院顧問大臣，未之官。庚子之變，慈禧太后召百官入覲，命各攄所見。祖謀應聲曰：「皇太后蔽奸黨，恃亂徒，以敵外國，是誠何心哉？今危機已迫，將以何人了之？」后曰：「董福祥知兵善戰，可勝其任。」

祖謀曰：「福祥昏庸老邁，如何可恃？」后正色謂祖謀曰：「爾操南方語，予莫解。」及退，后猶怒目送之。眾以為必獲嚴譴。卒無事焉。其後后偶對人言，以祖謀雖越級言事，而忠誠可取。

近歲居滬濱，詞名益著。與散原老人詩，並推為詩、詞兩大宗。又嘗組漚社，一時詞人，奉為盟主。一、二不肖者震其名，請託得置身其間。祖謀雖鄙其為人，而莫之拒，則長者忠厚之度不可及也。祖謀有詩一卷，似早年致力涪皤，後則稱心而言，不主一家，而自然老澹，亦猶姜白石曾三薰三沐黃太史，後乃悟學即病，不如無學。居然是當時一作手。余已於前王乃徵條下，錄其二律，可見一斑。又陳衍《近代詩鈔》亦錄祖謀詩十六首，此不重及。

易實甫

漢壽易實甫（順鼎），近代才士之最著者，晚年與樊增祥齊名。實則樊山塗澤為工，傷於纖巧；（如專尚封仗是。）易雖恣肆，其真氣猶拂拂從十指出，樊不如也。實甫童時陷太平軍中，其父笏山方伯拒不以賄贖。獲者愛護之，養為己子。僧格林沁夜追敵，得實甫。問知為易布政子，以付應城縣。此事世多知之。

通州范肯堂（當世）有述實甫事三首云：「妻孥是何物？不信愛難休。寇盜焰方熾，風雲氣正秋。孤雛鳳鸞似，一折死生羞。曷怪中興易，群才若是遒。」「飄忽夜從賊，僧王蓋有神。寧知爾孺稚，從此識天人。燈火千貂衛，風煙萬馬塵。田橫古難畫，何況跡雲陣。」「劫眾亦非易，慈仁有大同。可憐全我友，不忍賊斯翁。惻愴井有孺，唏噓莽伏戎。眼前生齒滿，誰與祝天公。」肯堂以文為詩，大都氣盛言直，如長江大河，一瀉而下，滋蔓委曲，咸納其間。集中〈戲書歐陽公答梅聖俞詩後〉有二語云：「文之於詩又何物，強生分別無乃癡。」蓋肯堂自道其詩之旨趣，亦如是也。製長題須明詩意而不與詩復，極不易為，肯堂效東坡特工，然間亦稍冗耳。（節《忍古樓詩話》）

實甫篤好扶乩，謂嘗遇李仙於並門，證其為張夢晉後身。其〈題張夢晉畫折枝長卷〉云：「月下仙人萼綠華，茶紅竹翠影交加。凌寒寫出真標格，不是徐熙沒骨花。」「紙尾親題正德年，虎丘別墅印文鮮。山塘萬古春愁海，誰遣名花一泊船？」「雙墳玄墓記曾尋，如雪梅花一尺深。絕代佳人為死友，天荒地老歲寒心。」「吳下狂生跌宕才，早年情死亦堪哀。此圖即是三生石，使我茫茫萬感來。」「黃茆熨斗記曾看，過眼雲煙付達觀。夢到昔年呼酒處，一天風色太湖寒。」「梁園歲暮正無聊，魂斷江南不可招。慚愧故人千里意，汴雲燕雪寄迢迢。」「飄零墨淚劫灰餘，知己平生幾六如。曠代何人能鑒賞，憐才更有畢尚書。」「時飄文雅未須稱，數有封章在中興。聖主即今前席待，豈容荀相老蘭陵。」

實甫在清代官至廣西右江兵備道，為岑雲階制軍所劾，（中有「名士如畫餅不可充饑」等語。）罷官去，潦倒江湖。辛亥後，遂屈居僚下，攜一妾居京都，窮困抑鬱以死，與孟晉乞食相類。一時假託戲言，竟成終身讖語，亦可哀也。實甫詩，生前陸續自刊。余在舊京，曾見有彙集易所著書凡二、三十冊，題曰《琴志樓叢刻》，恐亦好易詩文者為之耳。沒後，寧鄉程子大頌萬，將為編定。子大旋亦下世，遂不果。其弟由甫（順豫），曾官江西□□□。

詩才亦與相埒，其集罕見。有傳抄其〈贈陳伯弢詩〉云：「讀汝新詩本，神州道不孤。獨憐依幕府，何事在江湖？鐵甕朝來去，金臺夢有無。秣陵花下路，相見淚應枯。」

實甫死後，意忌巢主人有詩輓之，云：「井水旗亭姓字香，老淪貧病遇堪傷。一生頗類何平叔，九牧終憐盛孝章。未信楹書真失託，故應篋句未全忘。陽狂晚節休相詬，飲藥從知舉國狂。」其自注云：「平叔七歲通神，實甫少有神童之目。平叔為阿瞞假子，實甫少陷賊，偽啟王亦以小王子呼之。平叔粉白不離手，實甫早修邊幅，老而自謂有少容云。」則此詩又較肯堂一篇為切也。

王瀞齋（子世鼐）

近年在渝州，聞有王調甫（世鼐）者，頗以詩聞於時。年僅四十有二而卒，友人為刊其《猛悔樓詩》五卷。有才情而故為掩抑憂傷之語，秀發有餘，索之惝恍，不若其父瀞齋之詩磅礴灝翰也。瀞齋，名源瀚，安徽貴池人，光緒己丑舉人。清季官度支部郎中。入民國，曾為眾議院議員。當清光緒辛丑間，瀞齋閒居皖上，曾有詠戊戌庚子事，步杜公〈秋興〉八首云：

潮落空江風滿林，二龍山氣晚蕭森。
天無煉石成遺憾，月有妖蟆變夕陰。
北極朝廷兒戲事，南疆砥柱老臣心。
小儒憂國終何補，散髮行吟雜暮砧。（其一）

回首金臺夕照斜，不堪京國散繁華。
紅燈竟誤妖人術，碧浪頻來海客槎。
沽上月明平舊壘，城頭風緊響胡笳。
江南此日仍黃菊，淒絕昭陽殿裡花。（其二）

雞鳴問寢報春暉，風掣紅旗力尚微。
丹鳳屢銜芝誥下，青蠅爭傍棘叢飛。
賈生憂國才原激，商鞅[1]強秦願已違。
莫問兵權收呂祿，有人早已食言肥。（其三）

全域剛輸一局棋，鼎湖水冷蟄龍悲。
可憐昨夜空前席，縱有雄心已後時。

[1] 上聲。

張儉望門人去遠，范滂斷脰子來遲。
燕塵莽莽知何似，欲向征鴻問所思。（其四）

不聞胡馬度陰山，高鼻成群指顧問。
七葉金貂烏啄屋，九天閶闔虎當關。
滹沱有粥酬孱主，土木無人識聖顏。
晉水未清秦樹遠，飄遙重與定朝班。（其五）

鸞鳳鴟梟各斷頭，憑誰史筆秉春秋。
強從回紇馳單騎，空學張衡詠〈四愁〉。
三十九年輸歲幣，八千餘億付沙鷗。
長鯨吸盡蒼生血，憔悴山東二百州。（其六）

齊唱胡歌誦首功，虯髯高踞殿當中。
虞姬早下垓心淚，神女能生口角風。

禁樹經秋無意綠，宮花遇雨可憐紅。
玄宗已往徽欽遠，浩劫千年問碧翁。（其七）

狂吟楚澤獨逶迤，野水參差不掩陂。
南海月明鮫有淚，中原樹老鵲無枝。
魚龍百態秋江冷，風露三更斗柄移。
欲挽天河洗兵甲，九霄親見絳雲垂。（其八）

杜韻本不可一再賡和，然此數詩，卻音節瀏亮，且語多史實，韻亦深穩，足為後生學詩矜式，亦不可概為廢棄也。

又有〈廣州拱北樓刻漏歌〉，自注：「刻漏，元宣慰司陳用和造。」詩云：

嶺南八月獨奇暑，一日炎蒸三日雨。
冒雨來登拱北樓，中有刻漏青銅古。
四壺高下各一階，大小相承孫彌祖。

大者高圍五尺強，小亦庶幾二尺許。
滿貯以水覆以盤，一竅中通滴如豆。
上吐下納聲微鏗，浮出時籌字可數。
字始於卯終於寅，至寅陡落重徐吐。
一吐一落成古今，我來正見日呈午。
此中秘鑰在挹注，此製樸質無螭虎。
年深綠鏽多斑斕，穎識微茫略可睹。
延佑五年十二月，陳宣慰司置茲所。
在昔文明未啟時，測景長圭只抗土。
成周挈壺始置官，漢宮漏箭初遺桀。
從茲宮禁日增華，祖暅良工獨辛苦[2]。
用和此制殆空前，速率不曾差累黍。
士衡作賦與公銘，雖有繁詞不能譽。

[2] 事見梁書。

邇來西學日昌明，時計繽紛番舶賈。
柔鋼繞指細如絲，機輪銜接森成齲。
如茲笨重不可移，巧拙天淵似難伍。
一事足令西人驚，銅駝幾度埋榛莽[3]。
此器流傳六百年，歷劫猶新足矜詡。
從來大輅肇椎輪，漫將文野爭良窳。
餘生好古亦云幸，周鼎商彝幾摹撫。
頤和園裡見銅亭，武英殿上看尊甒。
蠻荒睹此更足豪，坐歎流光轉慚沮。
典壺老叟恣神奇，短紙紛紛黏謾語。
謂茲異物不可褻，誰其摩挲神則忤。
攝影題鐵託尉佗，數典竟忘吁亦魯[4]。
憶昨經過耿府前，狻猊嘯天毛栩栩。

---

3 叶母

4 樓中有刻漏照片出售，其端題為「南越王製，迄今一千三百年」云云，殊可笑。

又從六榕見銅佛，袈裟皺褶精於縷。
扶胥之江黃木灣，波羅廟裡雙銅鼓。
並此皆為世所稀，都應愛護珍璆瑀。
昨者州前文告頒，毀城築路無遺堵。
此樓此漏亦當沖，是用作歌告官府。

前王法器，歷年七百，猶在人間。非此大手筆，固莫能繪影繪聲也。滌齋年已七十，足跡半天下。吟詠頗富，不失正聲。著有《湛廬詩文集》，未梓。

調甫弱冠讀書北京大學時，即喜為側豔之詩。恩施樊增祥，偶於報耑見之，頗以為奇。嗣調甫以書抵樊，並以所為詩四十篇來。樊為大異，且稱其奇豔在骨，骩骳從心，生翠刻肌，冷紅沁髓，食煙火人一字不能道，亦一字不能解也。又勸其不足效長吉、飛卿、蕊淵、卿謀之詩，專作閨幃語。此亦老輩提獎後進之常談，不過言之大過耳。調甫後以曹郎旅進退於工商部，後乃為蘇浙皖菸類專賣局局長。以民國三十二年三月卒於贛，年才四十有二。終身抑塞，未大行其志，亦才士之厄也。

其詩自有才情，然喜為迷離恍惚之辭，若可解若不可解，與蕊淵、卿謀不相比類；即長吉、飛卿，亦不類。或有謂冷豔似龔定庵者，實則龔自有其學識以為幹，調甫亦不能企也。茲錄其稍清真者，如〈月夕自防空隧歸寫巖隱詩〉云：「奪夢長音雜信疑，朱鐙遙自眾嘩知。雲高鐵羽飄沉響，月上銀天寫憤詩。一炬風橫連虐盡，滿巖人悴釋囚遲。平生懷願今粗驗，蟻穴侯封證此時。」〈嘉陵江晚眺次行嚴先生韻〉云：「獨靜頻傳隔市嘩，秋霖爭損廢園花。樓危猶墜衰時夢，境沸真疑煮後茶。急漲帆輕亂鷗舍，遙江霧重濕人家。淪夷豈必堪微歎，只此潛居鬢已華。」〈歲暮〉云：「慨念平生誤夙期，九重挾策此何時？春來不信詩能好，境往方知意足師。豈必故山堪據臥，獨尋心史作然疑。長淮浪濁長風壯，此意辛勤獻歲遲。」〈讀和鈞師防空隧詩依韻奉答〉云：「疾雨輕雷散萬埃，人真怒馬忽銜枚。豈期浩渺湮波外，卻送迷離憂患來。欲忘奇哀餘化石，略無枯淚亦成灰。平生歡喜從頭記，好月千山菊一堆。」然此猶可相說以解者。其他有好句卻無好篇，尤喜於文從字順中必運以一二空靈奇僻語，使人讀之，以為可味。按實以求，則每每不相連屬。其病則在不能稍加以理，如牧之之論長吉也。昔吾友王思齋初學長吉樂府，甚可觀。後改轍以宗黃陳，自謂奇崛奇麗，兼而有之。及細玩所作，亦復蹈此病。及歐遊歸來，差有理數，方期大進，不意年才二十九而殂謝矣。刊有《思齋詩》二卷。

李博孫丈

余於辛丑春間，侍先公由九江遵江淮，繞道至亳州，再舍舟遵陸，入開封。其時臨川李博孫太守翊煌、長君康伯、孝廉世釗，因赴汴，即附先公船同行。居梁園時，博孫丈常來往吾家，因得親炙，且與上下議論。丈並以其先德春浦《臨川四寶》及小湖先生《好雲樓集》見詒。時余年才十四，因得窺經史要義及其撥鐙法。此書啟迪至深。今思之，猶前日事也。

臨川李氏，本海內文獻故家。博孫丈之本生大父韋廬公，從祖小韋公以詩名。曾從祖芸父公以畫名。大父春湖侍郎及父小湖大理，並以書名。尤以侍郎平生所收藏之唐宋碑帖，多屬人間孤本，有名海內。大理掌教金陵鍾山書院，以經史詞章訓士。廬抱經後以大理為第一人，故造士尤宏。今江南人士，尚有稱之者。大理始娶趙，繼娶錢，皆無子；擇於族子之賢者，以丈為之後。丈本生考錕，廣西候補知縣。丈舉光緒乙酉鄉試，丙戌成進士，用主事分發工部，充會典館萬壽慶典處諸役。累勞保知府，指發河南。至，督懷慶清化鎮官礦局，保三品銜，歷領瓷業總務釐稅，杜私裕公家，皆有效。後監督陸軍小學堂，課最，保以道員用。宣統二年，署光州直隸州。蔽獄達民隱，服其能恤我，去而為之立生祠。辛壬改步，遂棄官歸南昌。久之，貧無以自存。稍稍檢攜世守碑帖書畫不甚貴愛者，走滬上售質，得金，葬其族浮厝者七棺。金盡，復留上海，假醫推星命給空乏。

當是時，避亂居上海，雜故舊文儒，從士大夫遨遊，與陳三立尤數數往還。丈嗜飲，每會集酒酣，輒憤慨世難反復，奸盜橫恣，綱紀謙隅，道德陵夷且絕。目張顏赤，高睨大談。尤詆號耆舊聞人，靡從改操，反促訾嚅哫詭托遺逸者。而首禍召亡，若奕劻、袁世凱，益喃喃不去口。退而為歌詩，亢厲激昂，不可逼視，亦與其辭語相表裡。惜余偶見之，未及寫福也。丙辰十月去上海。明年三月七日，病卒南昌里第，年六十有八。

丈幼時依大理金陵，事大理及錢太君，敦敦孝謹，嘗刲股起大理疾，居內外憂，哀毀眩觀者。所識多巨儒長德，交友接物，忠篤持一節，莫不信而敬之。丈原配石，早卒。側室趙氏、楊氏。子世釗、世鍇、世鈺、世鎔。世鎔為余門人。丈所著書，有《纘述堂文集》若干卷，詩集若干卷。書既未梓行，今遭寇亂，存亡益不可知，是可慨也。丈旁耽相墓術。早年曾見其於先公座上，口講指畫。頗用自熹，以為今無抗手也。生平論學論治，每與南海康有為不合。及流寓申江一見，論相墓則鍼芥相投，契合無間。兩人者更互傾寫標舉，相引重。蓋康氏術推極五洲山川脈絡，丈則稱所兆興帝王尋常耳。所覽取，不啻以十數懸驗來者云。

（余在南昌時，曾晤其世兄仲麟，云：博丈墓在新建西山某原。）

吳眉孫

丹徒吳眉孫（庠）有壽梅畹華祖母〈金縷曲〉云：「絲竹當筵奏。報私情纏綿烏鳥，何關門胄。早飲香名驚綺歲，萬紫千紅俯首。天賦予錦心繡口。燈火如山人似海，看幻身親獻麻姑壽。勸一酌，延年酒。新詩百幅雲箋剖。知多少五陵遊俠，四朝耆舊。都為阿婆誇老福，此例千秋罕有。梨園史世家草就，合讓梅花居第一，笑神仙蓬島齊招手。播佳話，問誰偶。」樊山、實甫見之皆曰：「恰到好處，為諸作冠。」

又眉孫有輓汪袞甫聯云：「奉使記回槎，不用吾謀，密字枉傳青鳥信；著書驚絕筆，無端妖夢，歸期竟驗白雞年。」蓋袞甫在日使任時，屢以倭人隱謀密告中樞，又言日本必亡，擬為論文證之。而中樞及聞者皆不之察。又嘗入夢，自知五十六歲當死。癸酉元旦，偶翻《水經注》，見「死虎亭」三字，心甚惡之。因袞甫生於光緒四年戊寅，而其年恰五十六歲。自謂不祥，不料果以是年□月逝矣。眉孫此聯，殊穩切。其弟婦江采（南蘋，眉孫四弟靜安妻也，已逝。）為陳師曾弟子，工畫，嘗手寫師曾遺詩，絕工。

梁節庵

梁節庵（鼎芬）於光緒六年庚辰入翰林，娶婦龔，時稱嘉話。李蒓客（慈銘）與同年進士。是年八月二十一日記云：「同年廣東梁庶常鼎芬娶婦，送賀分四千。庶常年少有文，而少孤。丙子舉順天鄉試，出湖南龔中書鎮湘之房。龔有兒女，亦少孤，育於其舅王益吾祭酒家，遂以字梁。今年會試，梁出祭酒房，而龔升宗人府主事，亦與分校，復以梁撥入龔房。今日成嘉禮，聞新人美而能詩，亦一時佳話也。」二十六日記云：「詒梁星海、于晦若兩庶常，看星海新夫人。」九月三十日記云：「為梁星海書楹聯，贈之句云：『珠襦甲帳妝樓記，鈿軸牙籤翰苑書。』以星海瀕行，索之甚力，故書此為贈，且舉其新婚、館選二事，以助伸眉」云云。此節庵往年玉堂花燭，為一時勝流所豔稱者。節庵年才二十三歲，後來之事，蓋不堪回首云。（錄《凌霄一士隨筆》）

梁節庵以湖北按察使辭職得請，謝恩摺有云：「伏念才非賈誼，學愧劉蕡。本孤苦之餘生，值艱難之時會。揆之古人致身之誼，豈有中年乞病之章。乃者疾來無時，醫多束手。群邪雜進，正氣潛彫。外患既滋，內維又潰。既憂傷之已過，欲補救而無功。仰荷生成，曲加憐惜。戴山知重，臨海知深。臣病入膏肓，聖恩實如天地。虎鬚曾將，何知韓偓之危；鸞翮能全，不似嵇康之鎩。歸依親墓，松楸之蔭方長；眷戀君門，葵藿之心未死」云云，措語頗工。「虎鬚」云云，謂曾劾奕劻、袁世凱也。其以病情喻國事，尤有語長心重之致。又聞節庵去官之前，張之洞嘗薦其堪任封疆，為奕劻、世凱所持，不獲簡畀。恒鬱鬱不自得，自撰一聯云：「讀書學劍兩無成，此心耿耿；鐘鼎山林俱不遂，雙鬢蕭蕭。」乞罷得請後，亟命取公服焚之，以示不再作官。眾勸止，不聽。夏口廳同知馮貿，其鄉人也，徐曰：「公雖不作官，家祭可以便服從事耶？」節庵瞿然曰：「吾過矣，吾過矣。」乃止。（同上）。

梁啟超由津南下從事討袁時，臨行亦有上袁世凱一辭呈，自序病情云：「比覺百脈僨張，頭日為眩。外強中乾而方劑屢易；冬行春令則癘疫將興。偶緣用藥之偏，遂失衷生之主。默審陰邪內閉，災沴環攻。風寒中而自知，長夜憂而不寐。計非澄心收攝，屏絕諸緣，未易復元，恐將束手。查美洲各屬，氣候溫和，宜於營衛，茲擬即日放洋，擇地休養」云云，表規刺之意，語亦精妙。蓋其時啟超官參政院參政也。因記梁節庵謝恩摺，並附記於此。

節庵逸詩

余紹宋所輯《梁節庵遺詩》僅七百四十餘首，漏收甚多。余在滬嘗見其所畫山水絹本小軸，極荒寒之致。左角上方，自題三絕詩云：「用筆蕭疏自遠人，殘山剩水認前塵。為君略作雲林意，月暗風欹好自親。」（其一）「屢負空山廿載期，枉持忠孝與人嗤。多哀待抱西臺痛，依舊冬青不滿枝。」（其二）「淺渚荒亭地自幽，空枝冷石倚殘秋。回天蹈海都難遂，縱有羅浮未忍休。」（其三）款題：「忍冬詩家同年屬畫，丙辰，鼎芬酒後。」下鈐「病翁呻吟」及「梁格莊」二方印。右端又題一絕云：「一角荒寒照冷流，蕭然木葉已深秋。此間正是非塵境，合有高人來繫舟。」下署「老節再作」，鈐「鮮民」長方印。忍冬為勞至初國變後別字。此畫及詩，皆作於五十八歲時，淒惋之音，蓋所南、晞髮之遺也。

徐香雪

徐鑄，字巨卿，一字香雪，廣東番禺人。光緒乙酉舉人，有《香雪堂詩稿》。香雪不獨能詩，兼工倚聲。汪彥平先人莘伯先生《雁來紅詞》冊：畫者余子容（士愷）及陶娛，填詞者有梁節庵（鼎芬）、王子展（存善）、楊叔嶠（銳）、朱棣垞（啟運）、陶子政（邵學）、文芸閣（廷式）、石星巢（德芬）、易實甫（順鼎）、陳孔偕（慶森）、汪莘伯（兆銓）、汪憬吾（兆鏞）及香雪。香雪〈揚州慢〉云：「花片零霞，蒨絲沉水，秋人淒絕堪憐。恰新叢豔冶，媚比穉寒天。料池館卑枝悄亞，一聲箏柱，展向蘆邊。襯鵝屏猩色，尖風翦碎湘煙。鸞綃粉舞，乍相逢曾障嬋娟。記蠟蕊輕挼，璚英私掐，滴粉芳研。留得瘦金體態，休排與錦字雲椾。笑窺簾紅燕，銷魂輸卻年年。」

香雪幼即能詩，壯有文譽，與填詞諸人，及沈筠甫（寶樞）、陳慶笙（樹鏞）、朱容生（一新）、張曉帆（曾敭）等皆摯友。而與節庵為尤篤，蓋同歲而總角交也。節庵〈謝香雪遺雙硯〉詩云：「徐生與我皆己未，三十不官自然貴。少小逢君肺腑溫，昂藏入世神姿毅。」禮闈屢黜，歸鄉酒別，節庵亦有詩慰之云：「流落仍相見，便旋過一春。嗟君不遇世，薦士竟無人。登饌江魚美，開樽市醞醇。逸珠何用耀，盈碗亦貧辛。」「憶否桃花日，連鑣出近郊？鸞刀真枉割，鳳舉亦紛嘲。耿耿心光在，蕭蕭鬢影交。明當送江上，有夢到衡茅。」香雪晚為端溪書院監院，多病，性益沖淡。〈題美人春睡圖〉云：「細展冰綃雨後天，朦朧芍藥浸寒煙。老夫莫道風懷惡，嚼蠟橫陳已十年。」詔其子伯謀曰：「余詩不佳，本無可存。惟來日苦短，及今不錄，將無一字留存。」乃每日追憶舊作，命伯謀錄之。僅一月而疾劇，故所存不及十之一、二，猶未付剞劂也。

李詳與蒯光典、況周頤

合肥蒯禮卿觀察光典，在清末頗負清望。嘗薦興化李審言（詳）於江督端□齋。李固一諸生，而以博雅能文稱者也。李、蒯二人深以文字結納，然蒯沒後，有一段文字公案為人所未具知者。茲見李審言有〈蒯禮卿觀察金粟齋遺集書後〉一文，頗資文壇掌故。李氏卒於民國二十年辛未五月，此文為李辛未年所撰，當其晚年絕筆也。迻錄於此。

〈蒯禮卿觀察金粟齋遺集書後〉李詳

禮卿觀察既沒之後，余友合肥殷君孟樵搜其遺著，奇零瑣屑，不足成集。其學博而識精，議論奇偉。在同治、光緒初元，名都會勝流所集，君多預其列。成一談士之魁，而名特聞，詩文為其緒餘。余館君家五年，自言：「有筆記數十冊，可名《三十年野獲編》。」余請觀之，則言語多時忌，不敢遽出。君沒已二十年，又值易世，無所為諱。君之夫人李氏，頗知重君手澤。今君從子壽樞字若木者，刊其詩文，大都不外殷君集錄之本，而未嘗向其叔母求君筆記刻之，是失其所重輕也。集中〈文王受命改元考〉，為與梁星海辯難之作，亦本經生舊說而立為一干，餘皆政治家言。君好談詩，自為詩乃不越昌谷、義山家數，且不多作。

但有一事可記，昔在光緒甲辰，張文襄奉朝命與江督魏午莊會勘灣沚工程，留江寧月餘，遍游名勝園林，得詩數十首。門生故吏，爭寫其稿，張子虞太守錄副，遣一干送君處屬和。君請館師山陽段笏林（按笏林名朝端，晚號蔗叟，江蘇淮安人，年逾八十尚吟詠不廢，著有《椿花閣詩集》八卷行世。）及余和之。段謙不敢任，余為和其〈金陵雜詩〉十六首。君自儀棧回揚州，揖余曰：「承和張宮保詩，音調遒亮，部居秩然，足為鄙人生色。」會補淮陽海兵備道，與江北提督劉永慶不合，欲投劾歸。繆藝風先生聞之，遺余書云：「『可憐跋扈桓宣武，強迫與公賦遂初』，禮卿詩也，恐竟成讖。」此余代和文襄絕句中語。余意指袁世凱癸卯歲設計錮文襄，不令回鄂事。此詩余集載之，《國粹學報》、《文藝雜誌》並載之。余詩與君詩，體絕不相似。盤拏勁折，挐與輕倩婉麗者比，一望而知為異。今乃定為君作，誤甚。且係十六首，而刪去五首，不知何意。余之末一首云：「詩吟佳麗謝玄暉，臨水登山更送歸。收拾六朝金粉氣，庾公清與在南畿。」此結束語，所以尊文襄，今乃無此，有識者固知其未竟也。余為禮卿代作，亦可附渠集中。

唯讀若木跋語，有云：「叔父所撰文字詩詞，隨手散遺。此編所錄，寥寥無幾，而搜輯則極慎。然非親筆不敢錄；親筆而非確知其為自作，仍不敢錄；有得諸戚友者，非確知其代作，亦不敢錄。」今當質諸若木，余此和詩果得之禮翁親筆耶？抑親筆而確知為禮翁自作耶？抑得諸親友確知其非代作耶？又余所撰禮翁〈別傳〉及禮翁〈行狀〉，致於繆藝風，迄送之史館者，乃不足登耶？抑或為審定編次之程先甲，挾愛憎之見有所去取耶？夫審定，當審定其誤，如集中〈答朝鮮貢使〉詩：「籠剎狡謀猶未已，繩沖遺恨極難忘。」「籠剎」即「羅剎」，沖繩應作「繩沖」耶？余不敢遽信也。抑聞之古人編定師友文集，不欲錄其譽己之作，恐涉標榜。今程君編次之本，載有禮卿致渠書，稱其駢文，有「雖令屈原、宋玉、司馬相如、揚子雲、鄒、枚、伯喈諸子執筆為之，亦不過如此。真可上抗周秦，奚止漢魏，更何有於六朝諸作、本朝八家耶？」又云：「自合肥與鄙人書一首，昔嘗歎為建安神境。」又云：「自來駢文家罕臻極則，賢竟登峰造峻，連奪前人之席」云云。

余友禮卿五年，與論並世詩文，未嘗有此屹然裁斷，不顧嘲弄之語。若果有此，恐為禮翁一時風動，（唐人謂鄭畋語。）或值病囈，失其常度，而余終不信者。往與禮翁評論同輩詩文，皆適如其分而止。或有過量之處，余必規之。如論俞理初吳摯甫皆是。今乃徇一門生，如俗所謂灌米湯者，使據為許子將月旦之定評；又或謝太傅作狡獪語，為人遽傳，而禮翁因之不免有失聽妄歎之玷。此余為故府主爭此得失，不禁憤懣而長歎也。此等和詩，因若木確字一說，乃謀收回；而禮卿於程溢美之言，又當執簡而爭。禮翁有知，宜陵雲一笑，以余言為老賓客所當干涉。讀此集竟，為悲詫者久之。

（李詳撰此文時，尚有〈與孫思昉〉一書云：「昨承覆書，知隨使節反揚。在前，菊坪寄示尊著《逍遙遊釋》，虛實並踐，此支道林鑽味所未及者。通敏之材，以餘事治他書，無不造入深際，真可嘆服。弟一聞含光之言，重以菊坪所薦，亟思入郡，趨晤臺教，奈疾痛縈嬈，先後踵起，扶杖槃散，艱於登陟。綠楊城郭，付公賞之。近文一首，略同白話，眼前豈有屈、宋、鄒、枚、揚、馬其人耶？傖人假師說自鳴，枕膝之偽，不可不為亡友辨也。作答附此，亦欲公諸海內碩流，助我張目耳。」）

審言以一諸生以善駢文為時流所推，晚年又在滬主劉聚卿（世珩）家，任西席，因得與鄭夜起過從。鄭氏以詩稱之，因負盛名。實則審言本熟於《文選》、《世說》、顏公《家訓》、杜韓詩，早年即有論述。又私淑江都汪容甫，為文頗撫擬之。其所著《學制齋駢文》，自少數得汪氏雋永外，余則皆頌壽文。連篇累牘，亦有近於餖飣者，不盡似容甫也。李氏博覽之學，以宋元人筆記雜書為多。初為時，略有才情，但無深詣。自與鄭倡和後，始有深婉之致，而雜書僻典仍不免拉雜行間也。余早年為《光宣詩壇點將錄》，於李詳卜有讚語云：「別才非學，不信儀卿；短書小冊，拉雜並陳。」審言見之，大為不樂云。

審言尚有與況蕙風一段恩怨紛糾，茲將余日記一則迻錄於下：

乙酉八月日記云：閱章行嚴〈論近代詩家絕句〉。其〈李審言〉云：「何人開府冶城隅，墨客相摩鬼一車。輕薄子雲終出蜀，卻須論盛一封書。」自注：「君題〈陶齋藏石記〉云：『輕薄子雲猶並世，可憐不返蜀川魂。』子雲，似指劉申叔。申叔在陶齋幕，頗露才，聞有排擠李審言及朱孔彰事。旋隨端入蜀，端死而劉亦不得出。太炎論救，謂殺劉師培則中國讀書種子絕，申叔始免」云云。以余所聞，此詩與自注皆誤。審言「輕薄」句，係指況周儀，非指劉師培。劉入蜀，乃在宣統初元端去兩江之後，非宣統三年端方督辦川漢鐵路、督兵入川時也。不過端入川時，劉適在蜀，任教國學院，端乃聘為顧問耳。至於審言與況蕙風構釁始末，就余所知者，亦可略言。先是□齋之督兩江也，合肥蒯光典以道員候補江寧，與繆藝風（荃孫）並為匋齋所器。審言以介先識蒯，又由蒯識繆。兩人言之匋齋，端乃委李氏充江楚編譯官書局幫總纂。時實無書可撰，支官俸，治私書，即《匋齋藏石記》是已。總纂即繆荃孫，時為匋齋撰《銷夏記》，專論列書畫，不遑兼顧，因舉臨桂況周儀領之。況擇拓本無首尾及漫漶不辨字跡者，悉以屬審言。而又時時探刺釋文何若，將以抵巇送難。顧審言於王述庵、錢竹汀、阮芸臺、翁正三、武虛谷之書，精研有素，況無以中也。況氏既負才，性復乖僻。時蒯頗右審言而詆況，每見匋齋，輒言況氏之短。一日匋齋召飲，蒯又語侵況，匋齋若不聞者。會督府議裁員，況名已在被裁之列。見者僉曰：「活該餓死。」蒯又以語端，謂不直其人多矣。匋齋太息曰：「我亦知夔笙必將餓死，但端方一日在，決不容坐視其餓死。」乃取筆抹去況名，並書打油詩以慰之，有「縱裁裁不到詞人」之句。況氏為之感泣。於是況李二氏構怨深矣。及匋齋於宣統三年十月初八日被殺於資州，事聞，審言適於案頭驟睹新刻《匋齋藏石記》印本，為賦三絕以哀之。詩云：「槐影扶疏紅紙廊，（「紅紙廊」，南京街名，在朝天宮之東。）冶城東畔又滄桑。摩挲石墨人空老，憶到江南便斷腸。」「脫略曾非禮數苛，上宮有女妒修蛾。濮陽金集儒書客，那得揚雄手載多。」「觥觥含憲出重閽，傳命居然奉敕尊。輕薄子雲猶未死，可憐難返蜀鵑魂。」此事余聞之泰興金蘅意太史鉽。蘅意與審言相諗，函札往來，余皆見之。審言知余，亦以蘅意也。惟金蘅意處有審言手稿，「子玄」作「子雲」，「川」作「鵠」，與陳衍《近代詩鈔》小異。第一首言曩時在南京紅紙廊修書之事，今則因府主已逝，不勝存沒之感。第二首言己之脫略，非疏於禮數，實以況嫉忌之故，然《藏石記》固多出於己也。第三首言況氏傳端命以傲己，今則蜀魂難返，而況氏固怏然尚在人間也。此一段故實，世人間有知之而不能詳，遂備記之。

俞恪士

山陰俞恪士提學明震，有《觚庵詩集》。伯嚴吏部稱其托體簡齋，句法間追錢仲文，感物造端，攝興象於空靈杳靄之域。所論極當。清末，提學甘肅，適遇辛亥之變，遂罷官，輾轉由草地歸。晚居杭州南湖，詩境益勝。蓋遭際坎坷，困而彌工，不特得山川之助也。〈庚戌十一月出都口占〉云：「塵外陰沈覺有霜，天東初月照昏黃。十年錯料成今日，一醉拚教進急觴。高樹亂鴉呼晚霽，西山殘雪剩微光。風幡自動心無著，留待滄桑話短長。」〈宿新安縣示子言〉云：「我從洛陽來，坦途無百里。峨峨見城闕，崤陵列屏几。車馬亂流渡，隱隱如浮螘。莫弔古戰場，中原事未已。風起遠天黃，落日淡如水。況為行路人，茫茫誰遣此？須臾日西匿，迴光射成紫。幻影逐明生，饑烏暗投止。此是古今情，悠悠吾與子。」〈遊山歸，泛舟出裡湖待月〉云：「山遊腰腳疲，踡臥如春蠶。漾舟出裡湖，霽色明澄潭。群峰促使暝，若戒遊人貪。一樹尚殘照，雨過南山南。湖光不能紫，細浪吹成藍。濛濛覺遠喧，渺渺窮幽探。月出天水分，始知風露酣。各有愁暮心，詩味從可參。清景何處求，湖燕飛兩三。一失不可摹，此意吾寧慚。」夏劍丞嘗稱賞之。

陳散原〈俞觚庵詩集序〉云：「戊午夏及秋之交，余病血下泄。觚庵亦臥病滬瀆，皆幾死。其九月，觚庵遽脫病，來視余，留十餘日而去。逾一月，自滬之湖上，復暴病，竟以不起。走哭，還，取其平生詩草稿審訂，別為若干卷，付刊印。觚庵少年能詩，自矜重。通籍，浮沈輦轂間。後官江南、官贛、官甘肅，所作僅有存者。退隱後，詩乃稍多。遭遇巨變，避世孤往而然也。余嘗以為辛亥之亂興，絕義紐，沸禹甸，天維人紀，寢以壞滅。兼兵戰連歲不定，劫殺焚蕩，烈於率獸。農廢於野，賈輟於市。骸骨崇邱山，流血成江河，寡妻孤子酸呻號泣之聲達萬里。其稍稍獲償而苟其賜者，獨有海濱流人遺老成就賦詩數卷耳。窮無所復之，舉冤苦煩毒憤痛，畢宣於詩，固宜彌工而寖盛。然海濱流人遺老，跼蹐番市樓壁之下，類足跡不窺境外。觚庵則金陵有宅青溪上，鄰於余。復築廬杭之南湖，與陳君仁先為鄰。歲月之往還，遊賞之頻數，出一篇，輒有為余與仁先所驚歎者。蓋觚庵詩，感物造端，攝興象空靈杳靄之域，近益托體簡齋，句法間追錢仲文，當世頗稱之。觚庵亦或幽獨自負，其信有無忝於後人之相知者耶？嗟乎！觚庵晚耽詩，略與余同。而侘傺余猶甚觚庵，猥為之稍勤，忘其惛且鈍。楮墨傳視，觚庵亦不以為非焉。然而生世無所就，賊不得殺，瑰意畸行，無足顯天壤。僅區區投命於治其所謂詩者，朝營暮索，敝精盡氣，以是取給為養生送死之具。其生也，藉之而為業；其死也，附之而獵名，亦天下之至悲也。校觚庵遺詩訖，為發余所愧，而推論之如此。」此序語至委曲而悲痛，應得其言外之意。

恪士論詩，謂「詩人非閎抱遠識，必無佳構。」又論作詩之法，謂「遣詞宜用子部罕經人道語，方能壁壘一新」云云。余早年極服其言。及觀其所為，抗精極思，語必造微，意必深婉，固自有其不及者。及來金陵，偶與王伯沆談及俞詩，伯沆殊致不滿。蓋伯沆詩喜奧衍深厚一派，故深服散原之開闔變化。其直造單微，但取掩映而無直實理境者，皆不甚喜也。伯沆又在余處見晦聞詩，亦云：「誦之初覺淒婉，再看，皆不落邊際語。」余雖服伯沆，亦不以其言而易余所好也。

梁公約逸詩

江都梁公約（菼）工詩，顧不甚存稿。沒後，其子孝詠搜集篋中寫定本，印於《學衡》雜誌中，名《端虛堂詩集》，不及百篇。公約詩才甚雋，所遺棄者，未必遜於所存，惜多散落，無由拾取也。夏劍丞處尚有其遺詩二篇，為寫定本所未載，存之於此。〈壽蕭畏之〉云：「一靜脫萬囂，天許汝索居。渴飲已止水，饑餐無名蔬。役生徒碌碌，抱一能舒舒。眼中塵過隙，身外風翻車。先生夢獨冷，清興常有餘。藝菊得寄傲，鉏藥還自愉。蹇行不覺遠，幽坐不覺孤。午夜香已歇，窗月生白虛。落葉打柴扉，有時來酒徒。進退無主賓，相視各軒渠。問訊醉與醒，真意無時無。汝貞自多壽，清味道之腴。冉冉江上春，將我尺一書。忽忽離亂中，我亦成老夫。執手重相鏡，尚未白髭鬚。新歌定詒人，聊復踞灶觚。」〈贈湘人蕭蒓秋〉云：「黃金銷盡少年夢，蕭寺窮居風雨殘。曩日楚狂人不識，破衣沽酒大江寒。」

段蔗叟

光宣間，淮安有一老詩人，而海內鮮有知之者，則段笏林（朝端）也。笏林晚號蔗叟，垂老以腳疾廢，年逾八十猶耽書嗜古，吟詠不衰。有《椿花閣詩集》八卷。其五七言古體雅健深穩，經籍外溢。近體善於使事，語隱而志微。李審言（詳）、梁公約（菼）、吳溫叟（涑），皆與之沆瀣。而溫叟詩中，推服尤至，幾以韓門之籍湜自處也。余見其〈閔斯曲〉云：「不見兒身長，但覺兒衣短。機中賣剩布，兒身遮不滿。」（其一）「孩提怯生人，回身就娘抱。長大苦別離，悠悠四方道。」（其二）「母腸與兒臍，一氣貫注之。墮地日以遠，須念未截時。」（其三）〈七日鮑紫來以近作見示，拈此奉酬，兼感近事〉云：「清夏四五月，曾作朐山遊。儒冠愧土苴，素餐呼可羞。民氣頹不揚，殷勤詢所由。鹽法日刓敝，鹵薄花不稠。上官急科斂，閭左橫戈矛。公私互欺蒙，誰為前箸籌。今讀故人詩，惻惻如有憂。既痛浮惰習，復為耕鑿謀。異哉鹽筴中，乃有元道州。」

〈江都梁蒼立寄示紀江北災詩，依韻奉和〉云：「我是江北人，老病尚健飯。白首遭奇災，憂極不暇歎。水旱已心惻，況乃蝗滋蔓。禾稻無孑遺，田廬付浸灌。流亡遍江淮，低頭就魚爛。殘黎生意盡，有似灰中炭。縱橫千百里，巧歷那能算。萬室迫饑踣，焉得不召亂？梁侯念鄉里，披衣坐待旦。入府治文書，一紙發千萬。（蒼立襄辦賑務。）救亡與已亂，兩事可併案。方今國勢弱，刷恥貴果斷。誅求不培養，經營只得半。覆巢無完卵，苦心蒙憒喚。君久識此理，高吟南山粲。長夜何漫漫，晦明頃刻判。今歲又苦潦，降災天已慣。儒生無寸柄，故紙聊講貫。止溺知未能，燎原吁可憚。回斡祝蒼天，一飽蘇窮漢。」則占質激楚，絕去雕飾，《篋中集》之遺也。

〈李審言上海信來，許以《藏書紀事詩》七卷本借讀，並媵以詩，次韻奉酬〉云：「十年不見李伯紀，大患有身病垂死。跰躚不用交頭杖，箕踞惟憑折足几。平生癖嗜在書卷，昏眊善忘今老矣。海南群犬吠所怪，黔中神驢技只此。新書遮眼許相借，古詩入手呼可喜。珠還合浦尚有日，璧假許田亦其理。（君亦假敝藏顧秋碧詩。）先生與我有同好，脫略名利猶敝屣。曾聞書淫與書癡，那及先生書丐名？（字美，君嘗以此自稱。）五兵縱橫裴武庫，《七略》戢孴劉中壘。支瓶隸事忘寢食，拓鉢沿門遍井里。一朝沾丐及貧子，譬膏盲鍼廢疾起。況復殷勤勖眠食，麗藻遒文一何綺。至今金粟舊書樓，尚有幾人念蠹齒。懸知宋槧富藏弆，空令癡兒出饞水。」

〈題張力臣符山堂圖，為丁默存作〉云：「荒溪敝廬人三個，閉戶談經作日課。張家兄弟都絕倫，符山一堂如斗大。主婦具膳方踦閭，稚子能文亦入座。縹緗秘笈插架富，金石遺文塞屋破。作書師法追程邈，哦詩鬼膽墮李賀。江都朱生好畫手，（圖為朱二玉作。）隱趣一一資敷佐。酒鎗茶臼工位置，想見伯倡仲叔和。門前風景太蕭瑟，古柳寒鴉伴窮餓。龐眉書客滿賓寮，那許高軒搖轡過。我昔京洛得遺集，（同治甲子於京都市上得性符先生《符山堂詩集》，力臣手寫付梓者，前有小像，亦力臣所摹。）孤本直欲居奇貨。邇來讀此詫未見，摩挲老眼知無奈。丁生爾且慎藏弆，題句彪繽盡楚些。草堂圖可配盧鴻，袖手須防寒具涴。」

〈閻徵君潛邱居士小印打本為王覲卿題〉云：「繪就新圖號拜詩，濡毫題詠想經師。（張叔憲為路山夫作拜詩圖，曾屬題句。）禮堂寫定傳誰某，記取猩紅押角時。」（其一）「歐舫風流富弆藏，印文三字『眷西堂』。司農倒用吾家事，滿屋圖書發古香。（眷西堂印，予從山夫借歸，遍印徵君遺書。」）（其二）「此石流傳又幾時，瓦窯村里繫人思。（潛邱今名瓦窯村，見《太原志》）。評量定出佳兒手，（長君復申舍人，工鐵筆，王漁洋劇賞之。）付與肩齋早護持。（此印本藏柘師所，後贈平定張石洲。」）（其三）則典雅俊逸，經籍之光，復初齋之亞也。今以播遷巴蜀，篋中無《椿花閣集》，不能廣徵。它日當從全集中，再為甄錄。俾海內言詩者，知東楚尚有此一卓絕詩人也。

談海藏樓

余於己未撰《光宣詩壇點將錄》，以海藏樓配玉麒麟。其贊語有「日暮途遠終為虜，惜哉此子巧言語」之語。此本就「盧俊義反」四字及後身陷水泊而言之。厥後，義寧曹東敷、順德黃晦聞見之，以為海藏不過自附殷頑耳。終身為虜，何至於此？力主刪去贊語。故《甲寅週刊》刊校時，遂將此贊及全部贊語皆剔芟。實則屬筆時，以忠於覺羅即是為虜。孔子雖有不以人廢言之訓，而於其人出處大節，不可不以《春秋》之筆著之。不意甲子溥儀出走津沽。張園會議，海藏即主附倭以延殘喘。辛未，倭入瀋陽，寢占東省，而海藏果奉溥儀托庇虜廷矣。殷頑猶可恕，托命外族不可恕，而身敗名裂，至此益顯。然則吾言驗矣。

顧余敢於為此肯定之言者，亦有所自。憶宣統季年，余在商城晤張孝謙，偶與評品藝事，遂及海藏。孝謙之曰：「孝胥書初學蝯叟，近則一變為刻露，不蘇不黃，字變而人品亦變矣。」及民國乙丑夏秋間，侍坐陳弢庵師。師言：「太夷功名之士，儀、衍之流，一生為英氣所誤。余早年贈詩有『子詩固云然，英氣能為病』二語，並非泛談。」已而又曰：「彼尚欲有所為。」余大驚詫，因從容詢曰：「彼既不肯作民國官，尚欲何為乎？」師言：「此當觀其後耳。」時在「九一八」之前六年，附逆尚未大著。蓋張園會議，弢庵最反對附日，海藏頗銜之。而與弢庵不相能，即始於此。及弢庵逝世，海藏輓詩猶有微詞。至以「功名士」稱弢庵，則反唇之譏也。陳甘簃有〈記鄭孝胥〉一文，文筆軒舉，足概平生。寫存於下。

〈記鄭孝胥〉陳灨一

鄭孝胥之得名也，不以書，復不以詩。世獨以美書工詩稱之，斯固然矣。而於清季政事之起伏，固數數預謀，實一政客也。孝胥壬午舉於鄉，官中書，恥為下僚，有去志。語人曰：「仕官而任微秩，無日不趨承上，在外猶得溫飽，居內有貧不能自存者。吾不欲久於其位矣。」遂去。改官江蘇，後以領事駐神戶。孝胥之接交日人自此始。

鄂督張之洞耳其名，招入幕。具疏稱其才堪大用，得旨賞道員。當時湖北官場，言必稱鄭總文案，其勢可見矣。之洞宿交王可莊（仁堪），其子某，以通判指省，思入督幕，自表襮。梁節庵（鼎芬）為言於之洞，之洞默然。固請，怒斥之。某營進甚亟，不得請不休。嘗以此旨告鼎芬。鼎芬曰：「必報。」會有事詣制府，如前言。孝胥適在座。之洞俟其辭畢，恚曰：「吾幕非無人才，某或未能也。子掌兩湖書院，待人治事，曷引為助乎？」鼎芬唯唯。孝胥攙言曰：「帥之言，余獨不謂然。天下人之文章孰若帥，天下人之公牘孰若帥？為他人之記室易，為吾帥之記室難。惟其難也，某必欲得之，將以求學耳。可莊固才士，其子當是通品，不可不察。」語已，以目視鼎芬。鼎芬曰：「蘇戡妙語，實獲我心。欲言而未敢出口。」之洞微笑曰：「蘇戡言婉而諷，節庵亦復言外有意。不從，二子必皆不悅；從，則當試某以事，容吾熟審之。」未三日，令下。人情好褒惡貶，之洞何莫不然。孝胥善於詞令，使鼎芬累求而不得者，寥寥數語諧其事，誠解人也。

孝胥之佐之洞也，百政無不預，軍事亦參贊機密，岑春萱在蜀，疏請孝胥往，朝命報可，之洞尼其行，乃止。已而春萱放督粵。廣西匪亂熾，蔓延至滇邊。舉孝胥充邊防督辦，旨予四品京堂以寵之。孝胥遂率在鄂久練之師，赴龍州。居是二載，以故退。簡廣東按察使，辭不赴。家於上海，約張謇、湯壽潛之流，設立憲公會，被推為領袖。時清室已下詔預備立憲，期以九年而成。孝胥多所陳述，一時輿論從而附和之，聲譽益著。錫清弼（良）督遼東，辟為錦朝鐵路督辦，並任胡盧島開埠事。款絀，事莫舉。良去，孝胥南還。其時盛杏蓀（宣懷）入掌郵傳部，故交也。孝胥宿主借外債築鐵路，宣懷與計議，遂有鐵路國有之說。

宣統末造，起端午橋（方）督辦漢粵川鐵路，授孝胥湖南布政使，方力薦也。孝胥對方曰：「吾欲行其志，匪疆吏不為。」方亟謀於宣懷，同請於樞府，畀以湘撫。樞府以余壽平（誠格）蒞任未久，尚無劣跡，俟有缺出，將誠格他遷，即以孝胥擢任。孝胥因而之官。既至，亂作。倉皇遁滬，居海藏樓，鬻書年獲萬錢。

書者，神氣骨肉血缺一不可，全則上品矣。孝胥能書，氣足露骨。晚年忽變瘦體，有時率意漫塗，慣作斜行，而筆劃不整。世震其名，爭寶之，不可解矣。詩則宗宋，人罕及者。五年前余居海上，偶見福山王漢章手執孝胥所書箑，書自為詩一首云：「泱泱渤海意如何？騰碧翻金眼底過。出世只應親日月，浮生從此藐山河。南歸不用懷吾土，東去誰能挽逝波！愛煞滔天露孤島，棄船聊欲上嵯峨。」讀此詩，想見其人其志。世方屬目，吾不欲言。

陳氏謂孝胥此詩可以想見其人其志。按此詩為宣統三年四月二十四日渡海作。是年孝胥正往來京滬間，策劃鐵道國有之說。睥睨一世之氣，冥心孤往之懷，感慨於中，情見乎外，不必即心馳三島也。吾嘗見孝胥為其侄孫彥綸書箑一詩云：「山如旗鼓開，舟自南塘下。細細味海日生未生，有人起長夜。」此為其早年居福州南臺山之作，凌厲無前，寄意深遠。細細味之，頗有劉越石聞雞起舞之意，而其人之不甘寂寞，低首扶桑，真可以窺其隱微矣。此詩未收入《海藏樓集》，蓋不輕示人也。又徐又錚被刺身死，孝胥聞訊，有一詩云：「江哀漢怒此爭流，斷送才人又暮秋。今日中原應失望，莫將淚眼更登樓。」此詩甚佳，然用意不可測也。

劉太希嘗過余，亦寫其二律云：「寥寥詩卷寄平生，慚愧才人意盡傾。已逼晚年成定論，那堪低唱換浮名。彌天縱有逢辰恨，倒海難為變徵聲。誰惜英雄袖中手，枉教弄筆掣長鯨。」又：「絕勝張園二十年，消磨人物作雲煙。繁華事散空餘恨，兒女情移莫問天。詞客有才應賦此，老夫無夢亦淒然。後村穠至清真麗，為汝傷懷到酒邊。」此當為關外之作。其自傷與自負之情，不難玩味而得也。晚年嘗東遊，有詩數卷，已刊。余丙子春間在上海曾見之。詩自是射雕手，然晚節不終，非惟不可與鈐山堂並論，且下阮圓海、馬瑤草一等矣。

吳溫叟

清河吳溫叟（涑）與王義門、梁公約齊名，詩思至清。〈題趙玫叔村居圖〉云：「半傍山村半水鄉，北窗白日夢羲皇。停居載酒揚雄宅，落月張琴左氏莊。賓主能閒心共遠，寂喧相對意俱忘。春秋佳日休輕負，薄醉何嫌側帽狂。」〈和段蔗叟〉四首云：「叟也據槁梧，威鳳鳴天閶。涑也吟草間，淒切如寒螿。強我相酬和，汗流走且僵。微生甘衰白，夫了有耿光。奉手敬承教，顧言示周行。贈言過寵借，驚悚迷所方。韓門有籍湜，蘇門為秦黃。倘焉不遐棄，問字來負牆。」（其一）「我與梁蒼立，二年不相見。因風寄一紙，千里恍覿面。為言潘鬢凋，低首就曹掾。病餘酒戶小，愁饒詩情倦。危時道德喪，亂世文章賤。我亦蓬蒿人，何詞相慰薦。知否段蔗翁，孤吟寄遙眷？勿吝懷友篇，火急付郵傳。」（其二）「壯歲作書傭，薛莒大小李。大李風騷人，小李溫雅士。我乃驂其間，周旋執鞭弭。聚散二三年，如一炊頃耳。大李勞校勘，小李走萬里。歲時遺我書，開緘一歡喜。陵谷忽陁陊，波雲兢詭委。小李阻重瀛，大李泊海埃。一時段蔗翁，感舊懷二子。安得敘古歡，同醉淮陰市。」（其三）「凶歲孑遺民，苦望來年豐。吳天靳朔雪，得不憂忡忡。隔窗似淅瀝，開門忽迷濛。眼眩觀銀海，手僵鞭玉龍。冬青婆娑綠，天竹的皪紅。那管樵蘇濕，何慮蹊徑封。教兒暖尊酒，呼童翦畦菘。獨酌酬造化，裁詩慰蔗翁。水旱勿預計，當無蝗與蟲。多欣復多慨，渚陸遍哀鴻。」（其四）溫叟詩世少傳者，惟壬子、癸丑間北京《平報》偶一見之，當為胡梓方處流布者。余曾錄其最者入《瑣記》，今已不可得矣。

張今頗都護

近代武人，以張今頗（錫鑾）最能詩，而其人亦一振奇人也。錫鑾，浙之錢塘人。仕清，以貳尹積官至山西巡撫。又官副都統，在遼東最久。張珍午（元奇）嘗語鄭孝胥曰：「子聞遼東有『快馬張』其人乎？吾都護張公今頗是也。」明日見之，長身赭面，眉目聳異。三十年間，馳騁關外，捕賊卻敵，崛起牧令，以歷監司。其間排難解紛，抑強扶弱，滿蒙羌漢，望若神人。家人婢嫗，恒舉其名以止兒啼。詩存一卷，多懷人感事、悲壯蒼涼之作。此孝胥所為〈張都護詩存序〉中語也。

錫鑾入民國後，首膺直隸都督之任。旋移東三省，改任鎮安上將軍，督理奉天軍務，兼轄吉、黑軍務。當錫鑾在清末任奉天巡防軍左翼翼長，猶今之師長。時關外多匪，錫鑾率兵馳騁白水黑水間，所至擒其渠帥。張作霖本為鬍匪魁傑，錫鑾與盛京將軍趙爾巽、新民府知府曾韞苦勸之降，而錫鑾之力為多。及後，再開府遼東，作霖方任二十七師師長，見必稱師。偶以事傳之至，立而待，命坐則坐。錫鑾偶以事不悅，輒詈不絕口，作霖唯唯而已。東北外交，以中日間事為劇。每有交涉，錫鑾語舌人，告以如何處置，日人亦不敢有違言。如要脅逾分，錫鑾輒推詞年邁重聽，及舌人一再與日人申辯；而錫鑾知事非轉圜不可，則又諉過舌人，謂吾意本如此。其應付日人，常以此而致安堵。故其時日本關東都督福島嘗語人曰：「此老裝聾推啞，指東畫西，與語若可解若不可解，若可信若不可信，吾未如之何也。」然中日交涉，本為棘手，樽俎之間，非以此不足應付狡黠之日人也。

錫鑾詩殊有抗爽之致。如〈暮春感賦〉云：「去住真無計，行吟又暮春。如何天上月，長照未歸人。故國青山在，關河白髮新。飛花應有恨，片片過西鄰。」〈舟泊德州，尚會臣觀察邀飲督糧道署，臨行感賦〉四首之二云：「為愛平津館，山林野趣長。板橋斜渡月，花徑暗生香。叢葦碧沉水，疏鐙紅過牆。弟兄賢好客，相與倒壺觴。」之三云：「墨波濃染指，醉寫菊花看。彷彿東籬下，疏枝開未殘。月來疑有影，霜後定能丹。何日歸三徑，滋培傍藥欄。」〈悼姬人癡吾〉云：「丈夫羞下淚，為汝一悲歌。卿命已如此，我勞將奈何。病深疑藥誤，情重悔恩多。美目知難瞑，無言尚轉波。」「好色成吾累，斯人豈偶然。關山風雪裡，隨我去籌邊。烽火驚離後，鶯花續夢前。瀋陽太平日，悲喜只三年。」則蘊藉矣。如〈甲午統軍南進，馬上口占〉云：「輕寒惻惻入春衣，大纛南征莽鼓鼙。峻嶺摩天盤健馬，臨風一笑萬山低。」〈自團防暮飲歸營〉云：「薄飲村醪趁醉歸，長河一帶晚煙圍。暮天風緊雪平野，匹馬銜寒山欲飛。」則本色矣。凡此皆可誦，正不必以武將少之。尚有海州邱心坦（履平）者，亦久經戰陣，後為小吏。詩筆健舉，迥不猶人。與朱銘盤交甚摯。今人多不能舉其名，更無由知其詩也。

桂伯華

憶先府君於光緒三十年入都，返汴梁時，即為余兄弟道在京師九江郡館晤德化桂牧仲，極稱其開敏，語言有味。余時年甫十八，身軀瘦弱，先府君並言其狀貌頗與余同。余曰：「此即伯華之弟也。」一時先府君未識伯華，余亦僅於梁卓如所辦《叢報》見其詩詞，心早識之。因為誦其〈菩薩蠻〉詞，即「才華已為情銷損」一闋也。府君大異之，曰：「此真一門慧業也。」

伯華，名念祖，丁酉舉人，曾師善化皮錫瑞。初為今文家言，根柢深厚。中歲學佛於楊仁山先生，得善知識，因東渡習梵文，通密宗。弟牧仲及妹，亦以伯華故，皆精研內典。而臨川李證剛（翊灼），亦因伯華得受教於仁山，造詣尤深，竟與黎端甫、歐陽竟無及伯華三人，稱楊門江西四大弟子。然楊仁山先生門下，亦舍此四人外，更無與宏法者也。伯華以民國四年乙卯證涅盤於日本，年四十七。其病中，鄰居失火，伯華居樓中，陳真如負之而下，得免於難，然不久即逝。此余聞之真如者。

伯華早年詩工甚深，才氣健舉，於唐宋近玉溪、坡公，於近賢近范伯子。然後習禪悅，理智超澄。所為詩詞，雖尋常酬對，亦能自拔於世諦文字之外，而不為何人所囿。吾鄉梅伯鸞，曾以一石印本伯華遺詩貽余，寥寥數十番。余偶一瀏覽，覺其吐語澄曠，非從人間得來。在滬晤狄平子，余亟推伯華詩，平子亦為首肯者再，以為不阿其鄉也。惜此本早棄之金陵，今不能盡記。亦有余所知，而此本不載者，今偶憶及之，悉舉而筆諸此冊。然此又何足以為伯華重哉！伯華所著書，余僅見《大乘起信論科注》刻本。

〈和友人扇頭詩〉

客裡風光劫外天，飲愁茹恨自年年。
未成境奪還人奪，強說禪邊勝俠邊。
何處須彌藏芥子，早知滄海有桑田。
杜陵老子猶癡絕，苦向空山拜杜鵑。

〈將去金溪，酬余生贈別之作〉

對面山河深復深，庾郎清怨感難禁。
頑雲黯澹霾雙劍，落月蒼茫橫一琴。
此去薰蘭芳可佩，幾時桃竹蔚成林。
憑君莫灑臨歧淚，記取青天碧海心。

〈結習〉

墮落原知浩劫前，尚餘結習慕生天。
魂歸縹緲黃金闕，腸斷銷沈紫玉煙。
幾日靈飛書甲子，早時吉語徹中邊。
丹成九轉須臾事，愁絕鴻蒙未辟年。

〈秋海棠〉

嬌憨從未識空門，不占金蘭占玉盆。
萬古滴殘猶有淚，千番斷盡已無魂。
書成彩筆憐花葉，喚醒癡雲記夢痕。
好共蓮邦懺愁去，西風憔悴又朝昏。

〈次木仲除夕韻〉

七大充周水地風，循環誰復見初終。
須臾鬼國蠻煙黑，倏忽扶桑海日紅。
有漏因成他力劣，無生曲奏自謀工。
塵塵剎剎黃金佛，平等看來孰異同？

〈夜坐有感〉

黯黯長空暝，迢迢清夜徂。新歡雲靉靆，舊夢雨模糊。九死勞萇叔，三生問鬼臾。懸知孤往者，為我大葫盧。

〈題陳芠潭心跡雙清圖〉

根塵難揀選，請試問文殊。但滅空花見，都無夾道呼。鵜膏重自瑩，鴂血早來枯。安穩蒲團坐，今朝喪故吾。

〈次成上人韻〉

虛白遠猶近，濃青低復高。看雲循北郭，隨水到東皋。默默對魚鳥，喧喧隔市橋。清遊信多趣，欲說已無聊。

〈和友一律〉

詩心澹後無奇句，世事談多有淚痕。
與子細尋無味味，共余相喻不言言。
當來彌勒經生世，過去巫咸尚理冤。
試把十方三際看，鐵渾侖亦不須呑。

〈登關口台町最高處納涼有作〉

登臨爽氣新，愁客漸怡神。草木都遺世，川雲解媚人。
趣幽雙蝶見，涼早一蟬聞。那識家園路，炎天莽寇氛。

〈題慧居士集〉

半生愁裡過，一笑卷方開。鷲嶺雲猶在，龍華會又來。

幻緣徵道力，苦終得天才。除卻黃金父，（黃金父即佛也。見內典。）誰人識此懷？

〈題陳子言〉

吾哀謝靈運，心雜誤清修。又愛李長吉，才奇預聖流。

古今三語掾，天地一詩囚。言也真同調，何年結習休？[1]

〈往因〉

怪怪奇奇虛妄境，明明白白本來人。

但須一掃空群障，才得千春侍二親。

慧命莊嚴無價寶，風花飄泊可憐身。

誰歟大覺金仙者，善可癡兒說往因。

1 乙巳，散原云：「『古今』、『天地』皆大言，相對非偶。『天地』當改『爐缽』。」見陳詩《尊瓠室詩話》。」

〈菩薩蠻〉（〈讀小山詞〉）

才華已為情銷損，那堪又被多情困。
珠玉女兒喉，新詞懶入眸。
清愁銷不得，夢入蓮花國。
方信斷腸癡，斷腸人不知。

〈虞美人〉

淒涼十五年中事，苦了他和自。
香殘紅退畫堂空，早是柔魂銷盡夕陽中。
他生有分相廝守，拚共天長久。
仙山樓閣也迷茫，只要雙方一意向西方。

〈丁香結〉

積雨侵階，同雲蔽野，牆外屐聲來往。
依繩床經案，朝又暮、時霎龕鐙都上。
文園情緒減，才觸發、禪關又放。
人間天界，剎那輪轉，腸迴無像。
惘惘！記三五年時，秋花春月同賞。
綠酒紅燈，銀鞍繡轂，盡勞追想。
無奈存沒聚散，苦樂殊今曩。
惟何恩何怨，尚隔蓮邦肸蠁？

〈驀山溪〉

春光欲盡，未得天涯信。
早起鎮懨懨，減裘帶、餘寒猶嫩。

古碑臨罷，獨枕故衣眠。
魂無定，身慵困，釀就維摩病。
誰家巷陌，紅滿香成陣。
旬日雨風頻，減多少、遊蹤逸興。
懺余煩惱，賴有貝多經。
簾押靜，香篆燼，終卷陰移寸。[2]

伯華詩詞，稿成不自愛惜，友人持去後，亦不省記，亦有已成而懶著紙筆者，故傳者不多。然友人於其死後，曾為裒集。余曾見一石印本，一鉛印本，皆寥寥數頁。又邵啟賢（字蓮士，餘姚人。）官贛時，曾刊其友好遺詩，曰《江湖夜雨集》，中亦有桂詩一卷，與印本互有詳略。今皆棄贛、寧二寓所，惜無從搜集矣。

長沙章士釗曾示余所撰《孤桐雜記》，中有伯華遺札一通。其自為跋語中，亦有伯華逸聞。照錄於此：

2 按伯華詞多不注意平仄，如此二詞是也。

江西彭君出桂伯華先生遺札求跋，覽之不勝慨然。乙卯，余在東京最後晤伯華，伯華尚言將從習英文事。此事愚蓋許之甚久，迄未踐約。伯華客死東京已數年矣，思之不懌。至伯華湛深內典，余未獲請益，尚不過伯華未度眾生中之一生而已。札如下：

十餘年來，未嘗作一文，雖有見屬者，而持之甚力，不少搖動。無疾時尚爾，況有疾乎！今序之不能作，早已內決。然願數自搖感者，徒以足下待人竭誠盡力，能為人所不能為。某平日藉助處實多，而君於此序，又求之甚堅，故雖熟知力所不堪，然猶欲冒險為之，以副尊意，而不虞此舉之竟不如願也。蓋作文之難，某深悉之；精力之憊，又自知之。然一見君之誠懇，則不禁意動；意動，則必試為之；為，輒大困；大困，則意復決；復決，而又晤君，則意又動；動，則大困，蓋若是者，已數次矣。長此不已，將徒見受困之循環，而序亦終不能成，殊覺非策，故至此不得不汲汲知止。雖曰負君，然無可如何。此序有人作，固佳；即無一人肯作者，某亦不作。蓋關係之重大，僅乃如是，而必至以身殉之，殊無謂也。若謬許老馬識途，人已作就，而俯商於某，某則詞意悉仍原本，而但就行文之章法，加之整理，使合矩範，此或可力疾為之。不若命意遣詞，悉出於某之難為役也。

作一序耳，何至身殉？此函述序之不能作處，至為曲折。有作此函之氣力心思，序亦可為。凡此皆伯華之拘執處。愚朋友中有兩人負性特異，一楊篤生（昌濟），一桂伯華。伯華臨死前一日尚有書抵余，為言已定一讀書五十年之計畫，甚覺得意。伯華求學英文，蓋志在輾轉以學梵文耳。其衰憊不能學此，旁觀至明，而彼抵死不悟。此二人也，愚皆有所負。而其方正不容一毫苟且處，以鄙性方之，愧無地也。

陳子言

廬江陳子言詩，余曾於滬上見之。言語期期，而誠懇之情，溢於顏色，固長者也。余聞諸于右任先生，言曩居申江，嘗造吳彥復寓廬，而子言亦不時至。至則互為笑樂，恒至夜深不去。偶與彥復及朱彊村為竹林戲，非四人不能成局。子言來，皆強之配其一，而堅執不可。故每為此戲，恒以三人為之，亦頗有意致。彼則籠手作壁上觀，亦不以未入局而遽去也。此事至可軒渠。子言生平無所嗜好，惟攢眉苦吟一事，視為日常生活。子言與吳彥復年輩相若，初亦相引為至友。彥復於詩札曾稱為兄，後子言竟師事之。此一段因緣事實，他日當詢諸章行嚴，或能知其詳。

子言於清末曾隨俞恪士提學至甘隴，為詩甚富，詩皆絕佳。及定《尊瓠室詩》，則前後所作，有偶不愜意者，盡刪剔之，不稍愛惜。知其苦吟自得，有非他人所能共喻矣。即如其《尊瓠室詩話》云：「余與寄禪上人未相識也，讀其詩而慕其人。光緒甲辰春有往天童者，附簡一律云：『花落空山春氣深，天涯瓶鉢入微吟。長城過客稱詩律，絕壑潛龍聽梵音。會向東林起頹廢，可憐人事日銷沉。萬松關下殘陽路，蠟屐閒來試一尋。』此詩散原先生謂前後四語佳，余以中四句平平，遂芟去不存。（寄禪和詩云：『蛟龍戰苦陣雲深，黃浦猶聞白雪吟。大地煙塵無淨土，林空猿鶴有哀音。休誇返日金戈奮，忍見橫波鐵艦沈。願與高人論長道，萬山寒翠肯相尋？』）是歲春暮余有〈滬濱逢寄公夜話，即送還天童一律〉云：『老向空山洽隱淪，暫攜吟鉢走風塵。赤城霞舉思遊屐，雪竇梅開憶故人。肯使林巒怨猿鶴，卻愁天地入荊榛。從容一舸飄然去，小語江頭未厭頻。』德化桂伯華見之，謂此首神似義山。余則謂僅有『卻愁天地入荊榛』七字可存耳」云云。

就此記觀之，知其芟汰之故，並非漫然割愛。蓋前一首中四句，是居山者皆可用，不必為寄禪也。且「長城」句為推人詩者習見語，「可憐」句則尤泛矣。次一首較前為佳，然亦無深意境。「卻愁天地入荊榛」，即襲用義山「欲回天地入扁舟」句法，而無其深婉。伯華以神似玉溪稱之，恐亦是強為之說，伯華非不知此中甘苦也。要之，子言自有真詩，偶舉此一則，以見後學為詩，不可過於自是。子言尚爾，何論操觚。

余嘗謂近五十年中，詩家多尚元佑而薄三唐。至陳散原、鄭夜起二家出，世之言詩者，又不肯誦法蘇、黃、王、陳，而群奉散原、海藏二集為安身立命之地。其人既少親書卷，徒恃其一、二空靈字句，生硬句法，可彼可此者，鉤棘成文，已為宋派末路矣。並世詩人，子言終不失為卓然自立家數。蓋子言之詩，植體中晚，益以深思，造語古澹，韻格淒清，故能拔戟自成一隊。時賢評騭其詩，如陳散原云：「高淡淒清，韻格在宛陵、淮海之間。霾天海市，懸此詩隱，應有光芒夜吐。」吳倉碩云：「古澹中神味獨到，一字一句，皆從苦心得來，非時手所能夢見。客中把讀，如服清涼散，令人心脾一爽。」吳雁舟（嘉瑞）云：「沖微澹遠，悱惻芬芳，已到金剛乾慧之地。」周彥升（家祿）云：「蒼老渾成。」皆能辨子言詩酸鹹者也。

子言亦嘗自舉長律佳句，如云：「余〈甲辰春暮遊西湖〉句：『滿湖新綠濃於酒，一片殘春最可人。』〈送寄禪上人還長沙〉句：『春風一掃生公石，敝篋長存死友詩。』〈贈曾重伯太守〉句：『綺閣清歌呼姹女，玉霄餐氣學神仙。』（曾云：『世界化學極盛時，當能餐氣。』）均為散原先生所賞。〈乙巳贈盧甫茂才〉句：『竹篋縱橫堆酒卷，柴門蕭瑟夢菱租。』〈秋日送張伯純部郎赴津門〉句：『九烏氣懾中原日，一雁愁縈遠塞煙。』〈題劉申叔詩集〉句：『家無卮酒供賓客，世有文章托死生。』均為桂伯華明經所賞。又〈贈吳雁舟太史〉句：『一線春江詞客淚，萬山寒草故人墳。』雁舟吟誦不已」云云。

此但就七律中摘句標舉之，實則子言五律佳句至多也，此不勝錄。即以七言全篇言之，如〈聞乙盦先生徙宅，賦此奉簡〉云：「眼中江柳盡成圍，徙宅荒原葉辭飛。咄咄百憂無可說，棲棲一老竟何歸？行歌心地瑩禪窟，坐雨林塘夢釣磯。曾向皖城祀餘闕，叢祠寒草已全非。」〈三月二十二日，與文公達遊龍華寺，時積雨甫霽，殘桃落英，悵然有作〉云：「滬瀆城南沙路微，餘香一徑鬥芳菲。愁霖淺霧過寒食，羸馬單車叩竹扉。芳序暗更元足惜，幽禽閒道不如歸。憑闌相視忘言說，塔影摩空萬慮非。」〈憶外家〉云：「烈烈孱魂化水仙，（孫氏姨，字中表舒城孫明緒。咸豐辛酉五月，粵賊普酋某援安慶，過境肆掠，攜一妹投河死。姨性剛烈，臨難猶罵賊不絕云。）枕流園榭亦蕭然。（枕流園在廬江北郭，余外高祖金水邨先生智別業也。嘉道間臺榭花木，極一時之盛。其木有幽燕之胡桃，閩越之橄欖，佳實薦新，遠近珍異焉。咸豐兵燹，悉摧為薪，近歸曹氏矣。）水村處士家風在，池上至今開白蓮。」〈三月三十日華陰道中送春〉云：「河流已束潼關隘，雲影遙遮嶽帝祠。婀娜東風數株柳，華陰道上送春時。」數詩奇秀在骨，清拔之中，自饒蘊藉。此豈為宋詩者所能道其隻字耶？詩以韻味為最上乘，惟韻味在，意境好，興象好，再益熔鑄烹煉，使眼前要說之話，多在腦筋中打幾個盤旋，然後申紙奮筆，一氣寫出，使人讀之有言外不盡之味，有餘不竭之韻，斯吾所服膺者也。至王阮亭但知搔首弄姿，姿本非威，施之容，愈弄愈見其捧心作態矣。

徐仲可

余於宣統間讀書京師大學堂，恒以暇日偕友至城南陶然亭。於壁間見徐仲可所題諧詩，意譏附庸風雅者，到此必以惡詩疥壁，深斥之，亦間有和之者。余之知仲可始此。後又讀其所編《清稗類鈔》，知仲可固勤於鉛槧而能文者也。頃見夏劍丞〈徐仲可墓誌銘〉，益知其生平。略節於下。

劍丞曰：「余初從徐君遊，聞君有端操，能文章。既從容覘君出處大節，讀所為詩歌，益信而不苟。余卜築滬西康家橋，君同來為鄰。君素貧，無立椎地，嘗名其意所構曰『天蘇閣』。至是始果有，則日夕坐其下，握筆倨几，歷祁寒盛暑不輟。居三年，每見，輒出所撰著商榷。或數日阻，必朝夕遣童持短札來。兩家相距，中隔牛窌。余按北牖，自窌項望君南軒，日下舂，人影彳亍樓檻間，君與婦妾方憑眺也。而君婦與余婦相從亦瀕數。君門前左右小徑，鄰輒壅閉，使不得通車轍。余方為君責諭，而君止勿較。凡滬居，水源自江來，始潔可酌。余與君皆就貿水者通鐵筧入廚灶間，涓涓而清。君之鄰乃日乞飲君所，君弗拒也。君平生鬻所著書換米鹽自給，常不能有餘，然必節縮以旁贍戚族。與人書，嘗取寄書囊背糊而再用之。或累疊置案旁以記所聞，而銘於座右曰：『一舉兩得，廢物利用。六通四辟，好學深思。』與人談宴，雖一事之微，一物之細，有可錄者，歸必書之，故晚歲所成筆記尤多。少嘗從項城袁君練兵小站，為將校講經史大義。與天津徐君奉新、張忠武為故人。張且與君結盟為昆仲。諸公貴顯，君獨棄去。或諷之曰：『君有貴交，往投之，富貴可立致，何勤勤作苦自給為？』君笑曰：『果取富貴，於吾何有耶？』亡何，君所教誨將校亦多貴，將廩給之，君謝不受。君有子學成遊於英吉利，入伯明罕大學得理學士，又入維多利亞大學得商學士。仕為財政部秘書，不樂去，隱於商，能月進所得養親。君約減其數取之曰：『無以是使吾子傷廉也。』以故終身食貧。君諱珂，字仲可，浙江杭縣人。舉於鄉，數試禮部不第。試為內閣中書，改同知，然未嘗一日為也。父恩綬，餘姚縣教諭。同治初，左文襄公克復浙江，佐公善後有功。母陸氏，配朱，繼配何。妾某氏。子一，新六。女一，新華，未字而卒。皆何出。君所著凡詩文詞集若干卷、《大受堂札記》五卷、《可言》十四卷、《五刑考略》一卷、《清稗類鈔》四十八卷。其他校輯者，凡百數十卷。君卒前二旬，飲余家。明日會海鹽張菊生所，遂得疾。疾二十日，亟諭其子以銘墓請於余。余往視之，已不能言矣。年六十，以戊辰二月十一日卒。嗚呼！君於余交可謂篤矣，生而日以文抵余訂可否，歿而以銘屬余，余忍不銘耶！銘曰：『遺彼榮，修厥名。勞其精，文則瑩。歿而扃，堅吾銘。』」據劍丞此文，則仲可固長者而棄遺人世者也。當此季世而有斯人，可以勵俗，可以束身。嗚呼，賢矣！

仲可詩文集有《小自立齋文》、《真如室詩》、《純飛館詞》。詩清拔可味。石遺《近代詩鈔》曾收其詩十三首。余喜其〈乞汪社耆作畫〉云：「頻年旅食窮海隅，塵囂蔽目溪山無。欲煩佳手為塗抹，使得置身於畫圖。十日一水五日石，君為能事吾為娛。何時入林共把臂，臥遊同夢還西湖？」又有句云：「非鶴我安訪，有梅山不孤。」亦佳。

龍毅甫

攸縣龍毅甫（紱年），芝山太老師之子也。民國時避亂來江南，病心臟已久矣，遂沒於滬。其〈丁卯除夕金陵〉詩云：「才住真州又潤州，便來白下暫勾留。旅懷擾擾風中纛，歸思迢迢水上鷗。餞歲看兒調水果，殘年與弟計乾餱。全家半在危城裡，剪燭觀花卜未休。」「虎口逃來膽尚寒，餘生當慰酒杯歡。長饞托命詩情健，短劍依人旅夜寬。去歲有梅香溢袖，今年無雪冷欺冠。商量置棹明朝事，一飽移家可便安」。毅甫詩才至清，惜其早逝。乃弟達甫，將為刊其遺詩，不知已殺青否？

李鴻栱與陳夔龍

瀏陽李鴻栱，字春煦，清兩江總督興銳之孫。清末，以候補道分發直隸。年少有才，風流自賞，能為側豔詩，亦復情韻不匱。時陳夔龍以湖廣總督調署直督，有詩四律留別，題為〈由鄂移寓津門，賦此留別〉。到津後，又有〈遣興四首疊前韻〉，又有〈花近樓夜坐，再賦四律，仍疊前韻，示幕中諸君子〉，前後共十二首。陳氏夫人為許庚身之妹，又拜慶王奕劻為義父。生日，陳又製詩為夫人壽，詞甚都麗，亦用原韻。各詩傳誦，和者風起。鴻栱改夔龍詩題數字，亦用原韻，為香奩詩十二律。傳抄之廣，幾於洛陽紙貴。未幾，陳氏亦見之，心殊憤恨，尤於「好語王昌綳繡褓，寧馨寧不稱宮貂」二語，最所切齒。立召鴻栱夫入見，曰：「世兄詩詞很好。」（陳與興銳相識，故云。）鴻栱鞠躬惟謹，連稱「職向來不會詩詞」，見陳豎眉瞬目，瑟縮不安而退。知禍之將及，宵夜遁鄂投端方。越日，陳果奏參。民國後，鴻栱曾任軍事參議院少將參議，僦居上海，蕭然老矣。陳詩在集中，李詩則流傳一時，今亦無人憶及者。然詞固清麗可誦也，遂迻錄於下，以存詩壇故實。

〈由鄂移寓白門，賦此留別〉

武昌官柳夾江干，醉眼顰眉感萬端。
竟日瞢騰如中酒，霎時繾綣此憑闌。
拗蓮作寸絲難絕，燒燭成灰淚自看。
欲翦黃絁終未就，與奴方便問仙官。

淚痕心事竟誰知，昔昔傾身敢自私？
隔座逢迎花氣暖，留歡顛倒漏聲遲。
錦衾翻浪迷昏曉，繡帕餘香惹夢思。
綺陌霄寒秋露重，花袍白馬莫頻馳。

披香姊妹盡英瑤，鸞唱遙聞駕綠軺。

解佩只愁人漠漠，弄珠誰信自驕驕？
胎含登蔻腰移帶，露浥芙蓉頰暈潮。
好語王昌綳繡袹，寧馨寧不稱宮貂？

鳳泊鸞飄又一年，每將歸思對啼鵑。
莫愁煙水長凝夢，淡粉笙歌欲散眠。
顧影羞經桃葉渡，掃眉應和柳花篇。
若為憐藉休相譃，又抱琵琶過別船。

〈遣興四首疊前韻〉

兒家生小住長干，一曲清歌錦百端。
花底吹笙忘月落，樓前鬥草惜春闌。
佯嗔貪索檀奴問，失喜還妨小妹看。
記否眉樓宵宴罷，戲拈紅豆打魁官？

畫堂南畔沒人知，一向相偎膩語私。
瓜子含瓤初未破，青梅如豆那嫌遲。
卻無氣力何曾慣，越樣風情忍不思？
往事只堪成後悔，剎那光景已雲馳。

兩鬢動翠復鳴瑤，雲路鈿車侶鳳軺。
燈火樓臺人影亂，春風楊柳馬蹄驕。
麝臍一霎騰新暖，猩靨雙紅上晚潮。
背面思量爭忍俊，歸來應笑肉污貂。

春花秋月自年年，長只春心托杜鵑。
羅襪雙翹剛半折，纖腰一把已三眠。
仙郎久誤收妝鏡，狎客虛傳賦側篇。
誰謂芳晨強梳掠，採蓮羞上鄂君船。

〈姻媚樓夜坐，再賦四律，仍疊前韻，示曲中諸姊妹〉

悄倚紅樓十二干，飛花亂點髻雲端。
一春消息愁仍阻，五夜悽惶夢易闌。
刻骨寒從羅被覺，斷腸詩在畫屏看。
珍叢休怨繁英謝，輸與嬌憐有蜜官。

窺簾明月始應知，極寵深憐恃眷私。
對鏡故慵撩鬢久，搴帷教恨解衣遲。
薄妝粉退瀜珠汗，細炷香侵蕩綺思。
已鏁雕鞍交少婢，斑騅繫著漫狂馳。

樓頭青漆覆青瑤，門巷枇杷駐桂軺。
索酒來時鸚鵡喚，踏花歸去紫騮驕。

夢回歷歷猶行雨，信斷沉沉憶弄潮。
幾欲咒伊呼薄幸，拋人何處換金貂。

懶把心情託少年，啼紅朝暮惱愁鵑。
枉傳鸞鏡收雙影，料被花枝笑獨眠。
誰遣珍珠憐寂寞，自拈銀管寫歌篇。
湖邊春色休辜負，說與鄰娃好放船。

馮君木

馮君木（幵），原名鴻墀，字階青。浙江慈溪人。著有《回風堂詩文集》、《詞集》、《日記》，亦浙東積學能文者也。余嘗求其集不得，惟於陳訓正所撰《慈溪馮先生述略》知梗概。其人博聞強識，能文章。散文內純外肆，詩則宗法杜韓，而所詣與玉溪為近，後又稍稍取法西江。晚更離亂，聲華益刊落。每有吟詠，融冶情性而出之。嘗曰：「作詩當於無味處得味，無材處見材。」嘗與裡人結剡社，為詩酒之會。晚歲講學申江，與吳倉碩、況周頤、朱祖謀相習。年五十九。

潘蘭史

潘飛聲，字蘭史，廣東番禺人，以民國二十三年甲戌三月卒。在晚清亦嘗以詩文詞知名於時者也。蘭史嘗受業於葉蘭臺先生，故與葉譽虎（恭綽）為至友。此外如黃公度（遵憲）、唐薇卿（景崧）、邱菽園（緯萱）亦友之。嘗遊歐洲大陸，歸而寄跡南洋群島間。怵國勢危急，慷慨建議救亡。僑民知內向，自蘭史與菽園啟之。會清廷開經濟特科，茂名楊侍郎以君薦，未赴而有詔罷舉。於是蘭史浮沈於名場者幾五十年，而老猶一諸生也。性耿介，接友直諒肫誠。晚歲鬻文海上，顏所賃廡曰「翦淞閣」。有三子，皆食力於粵，惟一妾從。雖貧甚，未嘗貸粟於人。有餽之者，非其人，拒不納。飲酒輒盡數小觥，貌益溫克。然當賓客前，或臧否人物，所許可不與苟同。諸不悅者恒詆諆君，君亦不以為意也。生平文成，輒棄去，不錄副。喜倚聲，所為詞多矣。曰《海山》，曰《花語》，曰《珠江低唱》，曰《長相思》，刊於粵；曰《春明》，刊於北都，世傳弗廣。蘭史卒後，門弟子譚敬、湯安繼紀其喪，就家取遺稿十六卷。葉恭綽又因其詞最者六十餘闋附集後，總名曰《說劍堂集》，而吾鄉夏敬觀序之。

陳石遺曾稱蘭史羅浮紀遊詩，（附《羅浮遊記》後者。）以為清響可聽。余嘗取其全稿讀之，狀山水空靈處，自亦有致。惟有意學青蓮，強為奇警語，青蓮又何可輕學耶？嘗謂嶺南近人詩，自以黃公度、康長素、邱仙根為有名。公度最能卓然自立，康則故為雄奇，邱亦泥沙並下，皆不及稍前之李繡子、朱九江二家。若梁鼎芬、曾習經、二羅（惇曧、惇㬊）、黃節，雖為粵產，以久居京國，不甚瓣香其鄉，則又為粵中別派也。

黃晦聞

清季種族革命論，其遠源實自黃太沖、顧亭林、王而農發之。光緒中葉後，滿族政權日趨昏闇，孫逸仙、章太炎始昌言排滿。同時繼起者，若劉申叔之作《攘書》，黃晦聞之草《黃史》，尤為攘夷論之中堅。學子承風，清祚遂屋，晦聞〈歲暮吟〉所謂「棲遲以迄辛亥秋，作始攘胡至是畢」者是也。顧辛壬改步，向時志士，乘時崛起，高踞要津者，頗不乏人。而晦聞乃遁跡嶺南，吟詠自適。或有詢其翰墨策勳，今當出膺新政，晦聞唯唯而已。久之，乃入北京大學都講。中間曾一度返粵長教育，但不久亦去，仍執教北雍。迄於民國廿九年乙亥一月，竟以疾卒於北都矣，年六十有二。

余於乙丑夏秋間，與君相遇宣南。知君在北雍，任詩學講席，先後成《詩學》一卷，及《漢魏樂府風箋》十五卷、《曹子建詩注》二卷、《阮步兵詠懷詩注》一卷、《謝康樂詩注》四卷、《鮑參軍詩注》四卷、《謝玄暉詩注》四卷、《詩律》六卷、《詩旨纂辭》三卷。最後乃為諸生講蔣山傭詩，已成箋注初稿，曾以油印本若干頁寄余。此其最後作也。

晦聞晚歲以世變亂亟，人心日壞，道德禮法盡為奸人所假竊，惟詩教可以振作，有轉移風教之效。窮老益力，雖心臟積疾，罔敢告勞。及所陷益深，喑口嘵音，難挽毫末，又歎為無望。幽憂所感，悉發於詩。其詩由晉宋以出入唐宋諸賢，惟不落前人窠臼，沈厚悱惻，使人讀之，有惘惘不甘之情。梁節庵謂為三百年來，無此作手。（梁嘗以此語余紹宋，據余氏《寒柯堂詩》小注。）鄭太夷亦謂近人詩如晦聞、貞壯，又自成一派。（據諸貞壯與黃氏書。）陳散原向亦聞其能詩，及癸酉冬間入都，晦聞乃出全稿就質，散原至為嘆服。且嘗對人云：「吾早知晦聞能詩，而不知其詩功之深如此。」題其卷耑，有「格澹而奇，趣新而妙，造意鑄語，冥辟群界，自成孤詣」之語。又云：「卷中七律疑尤勝，效古而莫尋轍跡。必欲比類，於後山為近。」（梁節庵亦稱其詩，有類涪翁稱後山詩於王云。語見《蒹葭樓集》詩內小注。）晦聞亦嘗自負其詩，曾刻小印曰「後山而後」，蓋定論也。

晦聞生平友好，以諸貞壯、劉栽父、余樾園為最篤。其沒也，樾園在杭州。後樾園聞其婿李韶清言，晦聞易簀時，頻呼請余越園來訣。余氏於甲戌秋遊北都，晦聞為題其所畫娛親圖卷云：「養志丹青亦孝心，不緣文采動吾吟。才名翰墨都收拾，老去從君語特深。」（此詩作於晦聞沒前僅月餘。）又余氏藏歸玄恭墨竹及詩稿長卷，晦聞歎為甚得其所。蓋嘗以歸高士期余氏也。及越園與別於北都，晦聞又贈詩云：「國計身謀未盡言，又傾殘淚入離樽。明朝送別歸高士，一醉燈前似邴原。」則以余氏能斷飲，引顧亭林〈送歸高士之淮上〉詩意以相勖。（顧詩句云：「此日邴原能斷酒，不煩良友數縈懷。」）蓋絕筆也。

晦聞早年即憤東人憑陵，有「國亡無日」之歎。又言：「日本必來犯。」此語在君沒十年之前，聽者殊疑似，未嘗詡其先識也。余越園有〈讀亡友黃晦聞《蒹葭樓詩集》〉，淒然有感〉二律云：「當年誰倡辨華夷，空負才名信足悲。念亂君真先見及，追懷我悔學吟遲。平居深識思垂教，窮老傷心反輟詩。三百年來成絕響，悠悠難望後人知。」又：「如君豈僅以詩鳴，一卷空留死後名。意到忘言成絕詣，老來深語見交情。相稱多愧歸高士，垂盡虛期范巨卿。開展遺編和淚誦，天涯宿草已重生。」越園初不作詩，丁丑秋七月，中倭戰起，余氏轉徙避寇於遂昌、麗水、龍泉諸縣之間，而以居龍遊之沐塵為久。其時余氏有母，年逾九十，尚在衢州。家國之感，乃始以詩寫之。雖非其至，然即此已難能矣。有《寒柯堂詩》四卷，皆丁丑迄癸未七年間之作，約六百餘篇云。

晦聞《蒹葭樓詩》二卷，始乙未（光緒廿一年），迄癸酉（民國廿二年）。此二詩為甲戌冬間所作，去其卒僅月餘，當為絕筆，故不見集中，彌可貴也。近六十年間詩派，贛閩尚元佑，河北宗杜蘇，江左主清麗，惟嶺南頗尚雄奇，如康有為、黃遵憲、丘逢甲尤其著者。惟梁鼎芬、曾習經與晦聞三家，斂激昂於悱惻，寓穠郁於老澹，有惘惘不甘之情，與粵中詩人迥然異趣。余嘗擬選輯三家詩，曰《粵三家詩鈔》，以資諷誦，病孏未就耳。

潘若海

潘博，原名又博，字弱海，後改若海。廣東南海人。幼穎異，嘗與任子徽（元熙）、鄧秋枚（實）、秋門（方）兄弟、黃晦聞（節），同問學於簡竹居。而若海又師康南海，故與麥孟華、梁啟超相習。及秋枚、晦聞於清季創國學保存會、《國粹學報》於滬瀆，若海實助其成。宣統間，嘗往來津滬，與黨人通聲氣，所交皆一時豪俊。時歸安朱祖謀、義寧陳三立，並以詩詞領袖壇坫。若海皆與之往還，有詩詞見二家集中。他如趙熙、二羅（惇㬊、惇曧）、何翔葆、諸宗元、梁爰居、黃意忈，皆締交。梁卓如納交趙克山，且因若海為介，時卓如尚在日本也。民國四、五年，若海嘗佐江蘇軍幕，與散原往還更密。而青溪復成橋側之吳氏鑒園，往往有若海之蹤跡。園主人吳劍泉（學廉），並與投分亦深也。乙卯，袁世凱帝制議起，若海在蘇督幕，假兵符趨黔桂，起兵以抗項城。項城懸重金購捕之，乃走香港，匿亞賓律道康南海宅，悲憤嘔血而死。時民國五年丙辰□月也。

吳劍泉以詩哭之云：「勃鬱移山志，沉冥蹈海行。乖逢逐客令，甘徇黨人名。司馬賓王郄，河汾重董程。空餘寢門涕，風義感平生。」陳散原輓詩云：「鼙鼓聲中數往還，就余彈淚倚鍾山。帝秦孤憤天應鑒，走越奇蹤夢與攀。落拓虞翻疑骨相，遨遊陸賈補時艱。起衰二十移眸盡，忍過辛園話鑄顏。」蓋若海與麥孺博同為南海弟子，時南海在上海，居辛園。孺博亦以前一歲逝也，故末二句及之。

余有論近人詩絕句，其潘若海一首云：「危城玉貌挹深談，晚得朱陳許共參。誰識讀書堂下客，流傳佳句遍江南？」余於乙卯至金陵，與若海晤於秦淮酒樓，坐上談舊京諸詩人近狀甚悉。「讀書堂」，即簡竹居講學所也。若海詩詞並工，曾與麥孺博（蛻盦）詩詞合刊，名曰《粵兩生集》。然亦有未收入者，如〈別後寄魏瓠公天津，木蘭花慢〉云：「慢相逢湖海，怪豪氣、減元龍。歎尊酒天涯，聚原草草，別更匆匆。雕蟲。恥談小技，只長歌當哭豁愁胸。不復貂裘夜走，時憂炊米晨空。孤蓬。飄轉任西風。身世苦相同。念少誤學書，老猶彈鋏，歸去無從。途窮。我今不慟，且閉門種菜託英雄。萬里俱傷久客，百年將近衰翁。」

劉龍慧

劉詒慎，字遜甫，又號龍慧，安微貴池人。清末官江蘇候補知府。有《龍慧堂詩》。李國松序曰：「劉君遜甫卒之二年，余重校其詩印行，乃為之敘曰：詩於文藝，一端而已。然非性情相近，生有美才，雖學弗善。才美而性近矣，為之苟不專且勤，終亦莫能詣其精而就其業。故詩之成，有天有人，而得年壽以究極才性，又有命存焉。吁！其難矣。遜甫之於詩，其庶幾天人兼至者乎！蓋君賦性溫醇而通敏，僑家江南都會，濡染風雅，自少即耽吟詠。光緒丙申春，余為館甥君家，始與君習。君及從弟恭甫方為諸生，治舉業，而於詩學稽討尤勤。越歲，余偕仲弟來居江寧，過從益密，常為文酒之會，連日酣嬉不厭。恭甫兼工繪事，間復倚聲。君則專壹於詩，篤嗜深研，盡世間可欣、可喜、可慕、可娛樂之事，無以易其好也。未幾，恭甫夭逝，余家還合肥。既而外舅卒，余來合葬，尋復別去。於是君家中落，北去齊燕求職事自效，曠不見者逾五年。及丙午先君自桂林歸，余迎覲金陵，復與君會。君以知府發江蘇，就江洲鹽局為吏隱。地僻事簡，局舍瀕江有小閣，日挾書哦誦其間，所得詩句時時流播人口。自後余往來江上，間一、二歲輒相見，見必論詩。既別，則郵書傳視，新篇駱驛也。辛亥國變，余奉親避地海上，君亦解常熟榷厘，挈家來滬。流離困厄中，仍自吟嘯不輟。久之，迫生事，復出走四方謀食。舉身世無窮之慼，幽憂孤憤，畢宣於詩，詩亦彌工而寖盛矣。余子家煌漸長，學為詩。君喜其似舅，以愛女妻之。舊姻重媾，情好逾篤。既移寓吳門，歲常至滬相聚。甲子秋，余攜兒煒就婚京師。君偕往，同居僦舍，聯床談藝數月。余歸，君亦出都，監稅南通，半歲而罷。其間數過余，每與君樽酒對語，追溯盛時觴詠嬉遊之樂，邈如隔世。而孰知此憔悴相保之一日，亦不可常，而君死矣。君詩由山谷入杜韓，博涉唐宋諸家，綜括眾美，歸於自得。其論詩無門戶派別，以謂詩者性情之事，非可襲而輕蹈也。故造端攄懷，深探情本，真氣涵演，悱惻而芊綿。生平所作至多，顧不自矜惜，稿出率為人持去，往往散佚。僑滬時，室延鄰火，零章舊什，僅有存者。其虞山紀遊五言諸篇，尤傑出，悉委煨燼。君既不復省記，而友朋亦無傳本，惜哉！余夙好君詩，頗為搜輯，煌復從旁掇拾，錄成兩卷。癸亥冬，君年五十，曾為付印。嗣略有增收，起丙申以迄丙寅君沒之歲，存詩四百餘首，蓋十之三四而已。始余之排印君詩也，君自視欲然，曰：『是區區者曷足存？吾胸中積鬱結盤者，未盡出；意中所醞釀欲變化者，亦未達也。天苟假以歲月，當卒圖之耳。』嗚呼！君言猶在耳，不及待而長往矣。其胸中鬱積結蟠者，意中所醞釀欲變化者，終古閟藏，無復可見，其得見者乃止於是矣。是固未盡君所蓄，然覽者即是以求君，因其詩可得其人，更思其汲汲無窮之心，即君詩之所由儕於古人歟？其所以善承天授者，亦從可知矣。戊辰中秋，李國松」（遜甫僑居蘇州盤門外。）

龍慧有〈題王壬秋詩集〉一律云：「白首支離將相中，酒杯袖手看成功。草堂花木成孤喻，芒屩山川送老窮。擬古稍嫌多氣力，一時從學在牢籠。蒼茫獨寫平生意，唐宋溝分未敢同。」此詩於湘綺有不滿詞，然君詩及論詩大旨可見矣。（方湖丁卯二月日記）又讀《龍慧堂詩》一過，頗有健舉之筆，惜意盡於詞，聲調亦有近浮響者。遜甫嘗自言：其詩尚有一段孤懷遠抱，蘊釀胸中，未能盡攄出，以自成其至者。信乎詩人不可無年也。遜甫民國十五年丙寅食魺魚刺喉而卒，年才五十三云。（方湖壬申五月日記）金松岑（天羽），謂其詩堅蒼蘊藉，中涵禪理，句法時學散原云。

爰居閣

讖語之說，本不足憑，而梁、黃之死，其兆皆著於生前朋儕之文字，斯亦奇矣。乙丑、丙寅之交，安福系既敗，方地山戲以二人姓名作嵌字聯云：「梁苑嗣音稀，眾議方淆，異古所云今世免；黃庭初寫就，哲人其萎，維子之故我心夷。」哲維，黃別字也。鄧守瑕〈戊辰題秋岳詩冊〉云：「閩派詩人佞宋賢，石遺法乳藉君傳。中更喪亂多危語，卻恐牢騷損盛年。吾輩寧從人作賊，京曹幾見爾登仙。群兒自貴休相嚇，且向歌郎貰酒錢。」「作賊」云云者，本以喻黃詩之不事剽竊；「京曹」云云者，則擬之班生登仙。不謂未十年，而黃遽以通敵罹大辟。更九年，梁亦叛國伏辜。守瑕以辛未歿，地山以丙子沒，皆遠在梁、黃變節以前。方聯則手錄以示吾友陳頌洛，陳親為余誦之。鄧詩則載於壬申所刊《荃察餘齋詩存》再續集中，氣機感召乃至是耶！

又寧鄉程穆庵（康）在渝州曾告余：當抗戰起之前一年，眾異以在滬與舞女某婚變事鬱鬱無俚，乃至西湖小住。時秋岳亦至杭與梁相遇。友好宴之於湖濱樓外樓。酒酣，眾異忽瞋目視秋岳曰：「君必不免。」梁本自謂能相人，秋岳亦漫然答之，不以為意。已而，梁又曰：「君必不免。」座客有曰：「君既善相人，曷自相以斷休咎乎？」眾異起，至壁鏡前自視良久，曰「我亦不免」者再。時距盧溝橋戰役尚早，座客雖以為異，然二人固一則沉冥下僚，一則放浪江湖，決無殺身之可能，咸以酒後故作驚人語視之，絕不經意。不意事隔年餘，黃以洩漏國防於日寇，先罹大辟。隔九年餘，梁亦服上刑。豈姑布子卿之術果足徵乎？頌洛憶癸酉在陳病樹處，見有梁答黃詩中一絕句曰：「君到鍾山定跨驢，南朝令僕莫輕渠。更休鄙薄能言鴨，饑鳳生涯或不如。」病樹謂：「得不嫌亢否？」頌洛答云：「詩禍足以殺身，君與交好，宜加規戒，勿以刻薄取快也。」因記詩讖，因附及之。（節採《朋談雜記》）

陳彥通〈題爰居閣詩集後〉云：「去秋旅滬，一日冒孝魯見訪，出〈讀爰居閣集書後〉詩相視。余與爰居交最久，知之彌稔。論者類以其詩可傳，人則傷於局度褊狹，用世之念太急。功利貢高之心牢固於中，不能自拔，其罹禍也固宜。余顧不能有以非之。惟觀其臨命之際，賦詩不迫，擲筆就刑，苟非素養有自，天懷澹定者，未易臻此。因繼賦一律。孝魯見之曰：『子誠不失忠厚，吾輩有愧色矣。』余曰：『忠厚則吾豈敢，亦性情流露不能自已耳。』至末句以周忠介事相喻者，只斷章取義，讀者毋以詞害意可也。詩云：『亦因人患抑天憒，同異元難世論齊。禍亂不常詩總好，交期如在意為淒。殺身畢竟真名士，行已終疑副品題。要是知君容未盡，請看擲筆小雲棲。』庚寅立夏，陳彥通記。」

章士釗有〈酬陳道量惠爰居閣集〉一律云：「投我江南精槧書，此書當日價何如？事同狙食迷三四，人忘禽言吐眾諸。溪刻略同林穎叔，（名壽圖，爰居外王父。）功名漫擬管夷吾。憐才我輩寧須說，世恐懲狂竟廢儒。」按此詩末句，語長心重，吾輩正有同感也。

丙、丁之交，上海中華書局擬以《爰居閣詩》及夏敬觀《忍古樓詩》、黃濬《聆風簃詩》同時印刷問世，三家皆先後與中華訂有合同。不意排印未竣，事變忽起。黃以通敵服上刑，書局畏禍，印事擱淺。爰居急赴書局將《聆風簃詩》稿收回，合同取消。時爰居詩已全部排印，託陳道量任校讎，嗣因中華故稽時日，未予發行。爰居以其違約，馳函取消其發行權。故中華行世者，惟《忍古樓詩》一種而已。翌年戊寅，改交文楷齋雕板，屬黃孝紓就近料理。既刻成，郵遞白下，經陳道量等覆校後寄去上板，已卯初春蕆事。當時商討板式良久，結果決定以閔葆之《雲海樓詩存》為定式，甚覺朗潤悅目也。爰居曾以初印本贈陳道量，並題云：「余刻詩，寥士校勘至勤，嘗以一夕之力校至四五卷，余心識之。比刻成，細審尚有十數訛字，信乎此事如掃落葉也。平生詩功甚淺，但深入顯出，有我不俗，嘗標此八言以自糾。或有幾分實踐處，願寥士共此甘苦也。以少許勝多許，以一語勝千百語。前述八言為法門，此二語則正果，寥士以為何如？己卯二月，梁鴻志記。」

爰居閣詩既刊成，陳伯治（增綏）為之作注，而李太疎、黃嘿園、李霈湫、陳彥通等佐之。伯治遇有疑難，輒以問爰居。爰居亦以興會所到，擿㨂故實。心知其意而不能確定其出於何書何篇者，漫然應之，且頗以為苦。但其中本事有可明言者，有不可明言者，伯治多以臆測之，殊乖本旨。詩注既成，唐桐軒為繕寫一過，即託滬上某印刷所付排。後排印打有樣本一部，交陳伯治處校正。惟印刷所聞以工價未付清，延不肯裝訂發行，後竟撤板以不了了之。故今此注印成之全部，僅伯治處有一樣本也。陳頌洛知之甚悉，並記之。

今傳是樓主人獄中詩

今傳是樓主人舊有《逸塘詩存》一卷，所收詩至民國廿九年庚辰止。近則以事偽入獄，年已七十矣。對簿公庭，噤不一言，然在獄中固嘗吟詠自遣。玩其意興，亦殊無衰颯頹唐之氣，可異也。山陰陳中嶽於丙戌冬曾有酬第一典獄長吳訪丞（峙沅）一律，傳至獄中，主人亦次韻奉酬。陳原詩題云〈訪丞先生招飲，賦此奉酬〉，下注：「君夙掌北都獄政，軍興南下，昨歲凱旋，仍領舊職。珂里多賢，宋漁父、覃理鳴等，並君稱桃源三傑。君差同行輩，功名正未有涯也。」詩云：「莫便相驚獄吏尊，雅人風度自溫溫。和聲不作蒲牢吼，陰德先開駟馬門。三傑鄉耆餘幾在，一樽情話獨吾敦。渡河舊事勞追憶，還喜春回滿棘樊。」主人和作云：「底羨醇醪酌滿樽，春風偶拂座能溫。紛紛世尚甘投石，僕僕誰猶肯到門。君昔題詩驚湜籍，我今畫虎愧嚴敦。（謂子美諸兄子）半生焦爛都無補，悔不追隨學稼樊。」又一首云：「沽上雄譚渺若煙，嚴陵說士十年前。（謂范生丈）不須標榜文心美，肝膽如君也自賢。」又〈望京華〉一律云：「閒依北斗望京華，往事彌漫夢影賒。白首問年猶是客，赤心報國已無家。故關雲鎖迷荒徑，近郭聲喧隱暮笳。何日萋萋芳草綠，春風開遍自由花。」其〈九九盡後，恒禎求題消寒圖〉諸詩，並錄於下。詩云：

尺幅含春氣，盈盈老眼娛。好風頻入戶，餘熱肯因爐。
窗外花爭媚，天涯草不枯。名流題詠乞，記事賽仙珠。（一）

仗汝揮毫力，餘寒已不威。喜將冰洌洌，換得柳依依。
到處山皆笑，連朝燕亦歸。未須嗟我老，才會惜芳菲。（二）

添線聲中日漸長，贏他九十好春光。
不須重付丹青手，冰雪精神郁異香。（一）

凍穎勤呵日日描，潛從腕底報寒消。
春如佳客遍遲到，分付東風著意邀。（二）

摩挲墨瀋未全乾，大地難留九九寒。
春色何人關不住，好花如錦笑中看。（三）

朝朝搦管鎮從容，逝水光陰送一冬。
耐得歲寒天特許，眼中誰是後彫松？（四）

匆匆寒去不堪尋，漸有黃花似散金。
白髮它年閒話舊，好憑片紙認冬心。（五）

不嫌依樣學鴉塗，轉綠回黃景乍殊。
拭目三三風日美，鶯飛草長寫新圖。（六）

又云：

不是煙雲畫一張，傳家珍品比琳琅。
三冬豹變回天易，九字蟬聯下筆忙。
神肖蟄龍足生動，勢疑矯鶴宛飛翔。
前番積雪今何似，釀作春風撲面香。

詩興象尚好，傳之他年，亦一珍貴史料也。

陳彥通《適屨集》

刖足適屨，言非順也。然莊生有謂忘足屨之適也，忘要帶之適也，忘是非心之適也，則有幾乎道矣。予於壬申九月末居匡廬，自秋涉冬，屢衍歸軑。時迫歲暮，雲雪荒荒，空山寂寥，伏處小樓，軋沕昏旦。每至深夜，狂飆撼屋，石落有聲，一鐙熒然，饑鼠出壁。徬徨偃嘯，無復自聊。枕函適有彊村老人輯刻《觀堂長短句》一卷，為海寧王君靜安所著。喜其清麗有則，且為詞僅二十三闋，率多小令平調，因盡取而和之，不若長調有鏘聲揣韻之煩也。每夕少則二、三闋，多至五、六闋。始則比辭按律，句句而為之；繼則令家人挹卷於前，隨誦而成之，僅數宵而全什畢矣。舉凡夜之所思，晝之所接，少之所經；有情無情，有意無意；如囈如呆，如讝如譎；有因有感，無感無因，一寓於此。不獨他人讀之不知所謂，即自讀之亦不知所謂何也，亦唯曰藉以自遣而已。或曰：為遣之具多矣，博簺奕棋，胥足以為歡，何必自苦若是？不知予夙好遐思，且厭苦賓對。博奕，皆非一人之事也。苟為遣則同，亦詎定彼之為樂，斯之為苦乎？初則就其韻以域吾思，久之乃滂洋自恣，不知其果有韻無韻也。古之人所謂既得而忘筌蹄者，非耶？是吾有刖之忘，而得屨之適矣。更何有執著於其間哉！於是家人請錄一通，藏於家。夫所遣者既逝矣，則遣之者，亦可以不存。姑委之篋衍，俟它日讀之，可以諗當時情事，聊志歲月而已。並取王君原作附於後，戲題曰《適屨集》。至謂可以言詞而示世，則吾豈敢？歲在昭陽作噩，夏正元夕，鸞陂居士識於廬山羖嶺之松門別墅。

〈少年遊〉

青山銜郭，青溪繞步，巷口夕陽斜。
咽暮悲笳，倦秋疏柳，幾點掛寒鴉。
歸來庭戶清如水，白髮語交加。
侍坐盤餐，下帷燈火，爭忍數年華。

〈阮郎歸〉

嶺雲一逕護松關，鞭梢眉月彎。
壺觴蕭寺駐雕鞍，秋尋山外山。
欹霧鬢，綰風鬟，楓林圖畫看。
玉笙遙隔翠微間，清歡重會艱。

〈蝶戀花〉

卻似無情應有恨。夢裡相逢，欲引還相近。
不照菱花知瘦損，搴帷怕倩人人問。
過盡銅街車隱轔，拂檻柔荑，惱煞春韶訊。
好雨良宵剛一寸，清眠不與愁人分。

〈虞美人〉

夢魂慣識春庭路，不抵仙源誤。
爭知重到盡魂銷？最是當時、依樣月華嬌。
畫廊檢點泥痕在，漫共辭巢悔。
斷腸何處說酬恩？一度花開、一度捲簾人。

〈浣溪紗〉

意氣拏雲憶昔年，當筵借箸畫山川，功名攲枕看飛鳶。
草檄未成憎命達，酬恩何計受人憐，一龕雲臥送華顛。

〈點絳唇〉

匍匐歸來，平生意氣頻虛左。

狂瀾虛舸，呼馬呼牛可。
一氣洪鈞，鼓就祥金我。
閻浮大人天數坐，紛碎空花墮。

〈蝶戀花〉

樓畔辛夷吹霽雪。樓上黃昏，已掛纖纖月。
徙倚舊情渾憶徹，紋窗六扇風簧咽。
一抹牆腰侵草色，牆外生憎，緩緩閒車轍。
欲住還拋無那說，百般滋味都緣別。

〈蝶戀花〉

禁暖禁寒風信惡。雨滴空階，閒颺秋千索。
滿眼情懷還似昨，弸綅故故吹羅幕。

漫道新歡迷舊樂，窺宋牆東，未許三年約。
直抱此情歸碧落，他生鑄就今生錯。

〈蝶戀花〉

竹屋蠣垣低夾道，翳紫珍叢，露顆迎初曉。
一曲遙峰青窈窕，野塘嫩綠魚鱗小。
指點江村煙樹渺。如許韶光，直恁啼鴂老。
陌上遊驄嘶不到，落紅幾點黏新潦。

〈蝶戀花〉

池上碧桃開又落。一枕瞢騰，欲起渾無著。
滿篋塵箋虛舊約，不成禁受難拋卻。
屢數歸期誰可博？還怕歸程，步步荒葵藿。

才斂斜陽零雨作，流光也似人情薄。

〈浣溪紗〉

一鄉思春總萬端，春來何意轉頑頑，放教容易又春殘。

故國飄零迷影事，美人清瘦罷朱鉛，看花對酒不成歡。

〈清平樂〉

棗花西院，弄語閒鶯燕。

已是聞聲情不淺，況道恁時相見。

尊前別有風流，三年同夢揚州。

翦取吳淞江水，輸他一段凝眸。

〈浣溪紗〉

鳳葆霓旌列畫看，蘭舟簫鼓蕩漪瀾，更飄仙樂滿人間。
廿載華胥驚夢破，三秋煙柳倦憑闌，西征往事憶長安。

〈謁金門〉

迴廊側，欲辨香蹤無跡。
秋入蛩聲無氣力，曉風吹惻惻。
蘭燼燈窗狼藉，籬角露珠熒碧。
幾點流雲河漢密，夢痕來處覓。

〈蘇幕遮〉

強支頤，慵整髻。疑喜疑嗔，離合回還意。

門外日高猶睡裡。不管春風，浩蕩移人世。
會時難，輕別易。曉月殘星，心事嗤迷際。
欲草魚箋偏不寐。幾許安排，飣餖相思字。

〈浣溪紗〉（戲效海日樓體）

漏泄瑤臺事有無，香心密約未模糊，一編銜袖蕊珠書。
廣樂既張天酩酊，模觴初闕地清娛，人間差認白鳩符。

〈蝶戀花〉

撲面濛濛飛弱絮。一霎溪山，蕭瑟渾如許。
雲腳四垂天景暮，小樓夜半聞微雨。
每到春來愁欲訴。訴盡愁腸，依舊成虛度。
苦道離人留得住，長亭幾送征鞍去。

〈**蝶戀花**〉

吹轉番風天未許。小草牆花，猶有殘春住。
燕子飛來渾不語，雙雙又向人家去。
捲盡蕉心桐半乳。才度庭陰，荏苒紗窗暮。
拈取繡絣還倦與，生生端被伊誰誤。

〈**清平樂**〉（**重效沈體**）

於謳副墨，聖聖銜陳跡。
讀盡陰符開口說，兩界山河都別。
南冥地陷雲昏，齊州一髮如痕。
慚愧夷門老矣，蒯緱何處酬恩。

〈浣溪紗〉

重見蕭娘鬢未凋，當時爭看舞塵高，一聲囉嗊最魂銷。
秦苑鶯花煙月麗，漢家宮闕日華昭，歸來擁髻可憐宵。

〈蝶戀花〉

人病懨懨春過半。春意人情，恍隔銀河漢。
獨下沁芳亭畔看，春風吹盡無人管。
楊柳陰濃籠四面。誰在濃陰，彈徹流光怨。
已是酴醾飛片片，看君合取伊誰殿。

〈菩薩蠻〉

溪山輸卻斜陽半，江城一例秋蟬亂。

秋老獨還家，東籬菊始花。
錦鱗書十二，不寄蓬瀛字。
一覺我何人，潮音枕上聞。

〈點絳唇〉

漸近歸程，惺忪翻覺羈愁益。
等閒輕擲，舊夢何因覓？
沙岸漁燈，望裡星星滅。
江波白。雲車駃月，浪捲千堆雪。

溥心畬

近三十年中，清室懿親，以詩畫詞章有名於時者，莫如溥貝子儒。溥儒，字心畬，為載瀅之子。清末未嘗知名，入民國後乃顯。畫宗馬、夏，直逼宋苑，題詠尤美。人品高潔，今之趙子固也。其詩以近體絕句為尤工。余見其〈寄腴深游嶽麓〉云：「湘水蕭蕭木葉疏，麓山風雨似匡廬。何時更乘浮雲去，回雁峰前數寄書。」「亂後長沙問舊棲，尺書遙寄隔雲霓。驂鸞橫笛從君去，直過瀟湘北渚西」。〈過趙山木故居〉云：「不見高人舊草堂，斷橋斜柳亦堪傷。西山墓樹秋風起，亂後無人弔夕陽。」（山木墓在西山。）〈題寺門松〉云：「青青松樹寺門前，晚帶斜陽曉帶煙。昔日山僧曾掛錫，如今黛色已參天。」數詩皆有風致。

其所為詞，有《寒玉堂詩餘》。〈題倚樓仕女・南浦〉云：「秋雨濕瀟湘，向晚來，吹起滿懷愁緒。轉眼甚堪驚，碧窗寒，年光盡、不見柳花飛絮。樓頭悄立，幽情無恨誰能語。霜天欲暮。空惆悵佳期，幾時還遇？朱窗碎玉聲寒，正人倚西樓，雁橫南浦。煙柳漸蕭疏，悲秋意、都付斷煙殘雨。連天草色，開簾日日憑欄處。韶光虛度。空翠袖淒涼，輕寒難禦。」〈題靈光寺遼咸雍塔殘磚・望海潮〉云：「壓塞寒山，凌空孤塔，興亡閱盡年華。滿月金容，莊嚴妙相，無端影滅塵沙。鼙鼓亂紛紛，是何處兵火交加？斷土零煙，有誰憑弔梵王家！荒城古戍嗚笳。見蕭蕭衰柳，落落飛鴉。檢點殘雲，低回片瓦，前朝舊事堪嗟。煙外夕陽斜。歎虛空粉碎，亂眼曇花。攜酒重來，只餘清淚灑天涯。」

〈暮春西郊・慶春澤〉云：「荒井桃花，平橋苑水，碧天寥闊春深。殘月橫斜，清光猶在疏林。呢喃燕語隨波去，聽宮門法曲仙音。恨難禁，倚遍殘紅，吟遍江潯。潛行況是宮前路，悵池臺春去，歌管聲沉。劫後精藍，是誰肯猶布黃金。樂遊原上萋萋處，送殘春此日登臨。助悲吟，岸柳園花，掩淚相尋。」〈山中暮春・望江南〉云：「雲影澹，空翠落松壇。紫燕不來春欲老，斷煙零雨杏花寒，春怨正漫漫。」又〈山居〉二闋云：「清磬遠，肅寺在雲端。翠竹含煙侵佛座，碧松飛雪落松壇，流水石幢寒。」「斜日落，十里晚楓林。秋色夜生千嶂雨，露華寒點萬家砧，涼意潤絲琴」。

〈題畫・北新水令〉：「西風疏柳帶秋蟬，畫橋邊。綺霞紅亂夕陽寒，照水衰草暮連天。何處裡，笛聲怨？」〈芍藥・臨江仙〉云：「飛盡落花池上雨，斜陽翦破新晴。碧波搖影不成明。倚闌多少恨？商略繫離情。千轉繞花無一語，玉階彷彿寒生。溪煙淡淡柳青青。

六畦春不管，流怨滿蕪城。」〈減字木蘭花〉云：「一溪春水，著雨楊花飛不起。寂寞黃昏，年年芳草憶王孫。碧雲吹斷，幾處朱樓鶯語亂。不似殘秋，衰草斜陽易惹愁。」〈浣溪紗〉云：「荒亭落葉雨連宵，何處相尋舊板橋，不堪秋盡水迢迢。樓外夕陽平野渡，寺門衰草記前朝，故宮殘柳日蕭蕭。」諸詞雖非極至，然自是麥秀黍離之音。（千帆謹案：末二詞皆有舛律處，心畬當不至足，未悉厥故也。）

瞿蛻園〈西園王孫草書墨竹歌〉

西園王孫，名溥侗，為清成哲親王之後。至君之父，承嗣宣宗長子隱志郡王。君髫年受封鎮國將軍，晉加公銜。夙精聲律，兼擅書畫。今年七十餘，隱居滬市，以翰墨自給。近見瞿兌之（蛻園）所為〈西園王孫草書墨竹歌〉，頗有湘綺老人〈圓明園詞〉筆意。此體溯自白傅〈長恨〉，微之〈連昌〉。後來鄭嵎之〈津陽門〉詞采雖不逮，然固一脈象承，不失其矩矱者也。清人惟梅村、湘綺，可謂獨出手眼，詞旨恢宏。蛻園雖不能上沿下溯，但於此義乖雅廢之後，起而效之，固一時特起之異軍也。茲錄於下，以存藝林掌故。

〈西園王孫草書墨竹歌〉

自湘綺賦〈圓明園詞〉敘述掌故，感慨興衰，一時盛推詩史。爾後頤和繼興，事變彌烈，而作者罕聞。余何人斯，敢為東施之效？昔微之之詠連昌，鄭嵎之賦津陽，皆感物造端，別具機杼。今茲邂逅，實非尋常，宜製長篇，以申苑結，但存故實，非逞詞華。鑒戒之旨，有不忍云；危苦之詞，情胡能已？哲工達識，其有取焉。蛻園自記。

曼殊王孫客江海，腰下珊瑚閎光彩。
臨霞玉羽落芝田，清唳猶應動真宰。
昨來贈我鸞鵠書，筆勢昭陵玉匣餘。
背寫琅玕灑寒綠，便似連昌滿宮竹。
連昌宮竹已闌珊，露染秋筠淚竹斑。
金床玉几無人問，紫氣黃旗又不還。
水天閒話招涼地，遙望昆湖落煙翠。
竹馬曾嬉大歷春，金鑾試問開元事。
當年東第有輝光，大道朱樓十宅王。

明善書藏堆玉錦，瑤華名蹟韻縑緗。[1]
宗潢禮法稱嚴肅，詒晉家風更清淑。[2]
端闈早受夏侯書，勾陳敢戮揚干僕。[3]
九歲蒙恩入上齋，平明旭影候宮槐。
貂襜侍直橫黃帶，黼座臨軒遞綠牌。
慕陵[4]冢嫡承華貴，王喬早列靈香位。
嗣皇花萼重寧申[5]，別子桐封儕魯衛。[6]
千牛親衛佩弓刀，翠管翎飄馬上袍。
黛耜春耕詠莒葉，牙盤夏薦熟櫻桃。
奉常嘗酹頻修敬，雍雍湛露桐椅盛。

1 怡王府藏書稱明善堂，今惟知貴其角花箋。瑤華道人畫出士大夫上。
2 成哲親王詒晉齋，即君本生高祖。
3 近支子弟入上書房讀書者，嚴事師傅過於民間，有過跪聖人堂。
4 宣宗陵名。
5 寧、申諸王，唐玄宗兄。
6 宣宗長子隱志郡王早世，咸豐初追封立嗣。

丹墀只自肅班行，上苑從無豫遊幸。
憑几誰聞末命申，唯貪長信立沖人。
纂祀不教迎代邸，撤簾無復望宣仁。[7]
異日秋衾蘿銅輦，雞翹鳳蓋長遊衍。
不覺君王怒偃師，惟聞玉女投驍箭。[8]
頤和新構接圓明，水殿雲廊別樣清。
諧趣笙歌凝水步，排雲宮闕冠山楹。
每歲稱觴萬年樂，正如十月朝元閣。[9]
黃菊堆盆錦作山，白魚行炙緹為幕。
中璫傳捧鑾輿至，蘭阪秋風送笳吹。
敵騎頻聞近紫臺，從官還許呈如意。
江漢經營憶中興，北辰猷拱壯觚棱。

7 慈禧不肯謝政，憚立長君，實傾覆之由。
8 德宗深疾鄭聲，而太后偏嗜觀劇。
9 唐代驪山事。

親賢漸欲疏宗衮，戇直偏教守股肱。[10]
省中常侍銜天憲，大抵任安多巧宦。
孫壽曾偷齲笑來，少兒自倚微風慣。[11]
蜃氣遙傳海上樓，芙蓉小苑入邊愁。
深宮帝子悲青雀，少府卿曹舞沐猴。
君臣自是憂時切，瓜分已兆黃圖缺。
誰知金虎禍宮鄰，枉傾東市朝衣血。[12]
從茲天子不當陽，舜死堯幽墮杳茫。
空見珠襦陪武帳，可憐銀漢限紅牆。
西內波平香扆殿，甕山垣隱玉瀾堂。[13]
碑銜石闕那能語，酒勸長星相爾汝。
彩翼心推紫鳳凰，紅襟喉咽青鸚鵡。

10 同光初元，中外屬望恭、醇夾輔。中葉而後，二王頗懷憂畏，臺臣敢言者多出守郡矣。
11 晚年外吏多夤緣交通內豎女謁。
12 甲午後索地紛紛，發憤變法，阻於宮掖。戊戌、庚子兩次以中旨誅朝士，近古未聞之奇局也。
13 兩處皆德宗寢殿，今防護之跡猶存。

十二層城思若雲，三千殿腳花如土。
精衛難填總碧波，重華不見空瑤圃。[14]
西上嵰山又卻回，新排鶴仗集靈臺。
藁街昔笑蠻夷邸，什庫今篩錦繡灰。[15]
當時載筆與元者，奉引辛勤沙苑馬。
總為金雞乞赦來，終然鳴鳳同音寡。[16]
宗臣正則泣椒蘭，能向堯年記雪寒。
蒼梧野望雲蕭瑟，〈黃竹〉歌傳路杳漫。
殘山碣石連長白，華蓋文昌黯無色。
大石林牙枉向西，應昌廬帳難歸北。
東丹畫裡辨唐裝，太白詩中念永王。
不獨鄒枚詞賦客，盡來吳越山水鄉。

---

14 戊戌後，德宗恭默無言。

15 庚子西什庫教堂受禍與東交民巷等。庫中自明以來歷代所藏盡矣。

16 按此詔作者先德入直行在，扈從還京，秉筆七年。嘗請特赦黨魁，卒以此忤太后旨，被放。

蓬萊眼見還清泚，每聽牙弦知政理。
不應亡國坐伶官，只怪淫聲亂宮史。
法曲初煩侍從臣，內官學唱奉仙宸。
後有秦腔兼漢調，外傳〈四喜〉與同春。
排當日日仙韶院，答剌都曇〈柘枝〉遍。
珠燈明處掩晶蟾，彩扇回時下宮燕。
協律聞君詣最工，緣雲清響切悲衷。
每於變轉三終際，能使潺湲四座同。
橫塘水滿瀟瀟雨，依約冰弦聞雁語。
借問〈吳趨子夜歌〉，何如月裡〈霓裳譜〉。
王順何戡舊擅名，李娟張態也含情。
昔年曾教〈伊州曲〉，詎忍重逢唱渭城？
淒涼鬢影彈琴石，茂陵風埽苔無跡。

仙班便隸蕊珠來，布衣等是咸陽客。[17]
四海為家莫更論，江湖滿地一銷魂。
長望烏頭燕太子，重憐燕尾漢王孫。

按西園王孫溥侗，號西園，即世所稱為紅豆館主也。余嘗於羅志希處見之，時年已六十餘。善皮黃，又喜書畫，精於鑒別。時志希新得石濤、石溪大幅山水，西園歎賞，以為世間希見。談吐雋永，終日對之，使人意消。後聞其在上海演《長生殿》，悲歌慷慨，陳庸庵尚書聞之至為墮淚。（是日為庸庵生日，老友請西園奏技。）兌之此作自謂頗具苦心，常人未易領會。又云：「願得知音者為之點拍，庶可更傾四座。」兌之為止庵相國之子，清末見排於奕劻、項城。據此歌則相國於庚子回鑾前後曾請特赦黨禁，卒以此忤太后而被放，固一時錚錚也。

---

17 君今躬自傭作，以布衣為樂。

近人詩評

昔敖陶孫、洪北江曾有〈詩評〉之作，類皆取數語比擬巧似之，頗稱雋永。往在金陵，曾見上海陳甘簃主編之《青鶴雜誌》（第一年第十二期至第二十期）刊有無名氏之〈時人詩與女性美〉一稿，不知為誰氏之筆，亦復名雋。茲迻錄如下：

陳弢庵如象服山河，珊珊微步；

陳散原如姬姒徽音，化行南國；

鄭海藏如飛行女俠，劍氣逼人；

陳仁先如去國宮人，黃紽入道；

趙堯生如唐宮仙侶，遊戲人寰；

吳董卿如掃眉才子，對鏡簪花；

楊昀谷如禪誦老尼，時作偈語；
夏劍丞如蕉萃姬姜，躬操井臼；
冒鶴亭如天寶宮人，喜談舊事；
何枚生如空谷佳人，無言倚竹；
李拔可如健婦持門，自饒風矩；
許疑庵如水邊麗人，態濃意遠；
譚瓶齋如姑射冰肌，自然綽約；
胡展堂如中山陰後，眉目非常；
汪袞甫如瑤台佚女，微睇通辭；
梁眾異如美人絕代，佳俠含光；
趙芝生如茂漪書法，沾溉右軍；
費仲深如披香博士，教習陳宮；
黃晦聞如江上湘靈，獨彈瑤瑟；
羅敷庵如浣紗越女，秀色天然；
汪辟疆如和靖梅妻，寒香入畫；

陳徵宇如隋宮絳女，秀色療饑；
陳彥通如錦繖夫人，別張壁壘；
葉遐庵如公孫劍器，渾脫瀏亮；
郭蟄雲如天香國色，不礙環肥；
黃季剛如夏氏丹珠，吞刀吐火；
李釋戡如女郎學母，隨手曉妝；
林宰平如潘姬織室，愁貌感人；
黃秋岳如凝妝中婦，儀態萬方；
曹纕蘅如吳姬窺客，盼倩多姿；
楊雲史如漢皋遊女，解佩留歡；
謝旡量如林下風姿，善談名理。

以上共三十二家，其評語是否允當，凡讀過諸家詩者自能領會。但亦有微詞者，可於言外得之。撰者當詩學湛深，惜未能詳究為何人也。

血歷史107　PC0719

新銳文創
INDEPENDENT & UNIQUE

晚清詩人軼事：光宣以來詩壇旁記

原　　著　汪辟疆
主　　編　蔡登山
責任編輯　陳慈蓉
圖文排版　楊家齊
封面設計　楊廣榕

出版策劃　新銳文創
發 行 人　宋政坤
法律顧問　毛國樑　律師
製作發行　秀威資訊科技股份有限公司
114 台北市內湖區瑞光路76巷65號1樓
電話：+886-2-2796-3638　傳真：+886-2-2796-1377
服務信箱：service@showwe.com.tw
http://www.showwe.com.tw
郵政劃撥　19563868　戶名：秀威資訊科技股份有限公司
展售門市　國家書店【松江門市】
104 台北市中山區松江路209號1樓
電話：+886-2-2518-0207　傳真：+886-2-2518-0778
網路訂購　秀威網路書店：http://store.showwe.tw
國家網路書店：http://www.govbooks.com.tw

出版日期　2018年2月　BOD一版
定　　價　320元

Printed in Taiwan

國家圖書館出版品預行編目

晚清詩人軼事：光宣以來詩壇旁記 / 汪辟疆原著；蔡登山主編. -- 一版. -- 臺北市：新銳文創, 2018.02

面；　公分. -- (血歷史；107)

BOD版

ISBN 978-986-95907-4-7(平裝)

1. 清代詩　2. 詩評

820.9107　　106025135

讀者回函卡

感謝您購買本書，為提升服務品質，請填妥以下資料，將讀者回函卡直接寄回或傳真本公司，收到您的寶貴意見後，我們會收藏記錄及檢討，謝謝！

如您需要了解本公司最新出版書目、購書優惠或企劃活動，歡迎您上網查詢或下載相關資料：http:// www.showwe.com.tw

您購買的書名：________________________________

出生日期：________年________月________日

學歷：□高中（含）以下　□大專　□研究所（含）以上

職業：□製造業　□金融業　□資訊業　□軍警　□傳播業　□自由業

□服務業　□公務員　□教職　□學生　□家管　□其它______

購書地點：□網路書店　□實體書店　□書展　□郵購　□贈閱　□其他

您從何得知本書的消息？

□網路書店　□實體書店　□網路搜尋　□電子報　□書訊　□雜誌

□傳播媒體　□親友推薦　□網站推薦　□部落格　□其他__________

您對本書的評價：（請填代號　1.非常滿意　2.滿意　3.尚可　4.再改進）

封面設計____　版面編排____　內容____　文／譯筆____　價格____

讀完書後您覺得：

□很有收穫　□有收穫　□收穫不多　□沒收穫

對我們的建議：________________________________

____

____

____

請貼
郵票

11466
台北市內湖區瑞光路 76 巷 65 號 1 樓

秀威資訊科技股份有限公司 收

BOD 數位出版事業部

（請沿線對折寄回，謝謝！）

姓　名：＿＿＿＿＿＿＿＿ 年齡：＿＿＿＿ 性別：□女 □男

郵遞區號：□□□□□

地　址：＿＿＿＿＿＿＿＿＿＿＿＿＿＿＿＿

聯絡電話：(日)＿＿＿＿＿＿＿＿ (夜)＿＿＿＿＿＿＿＿

E-mail：＿＿＿＿＿＿＿＿＿＿＿＿＿＿＿＿